词经典

李白 集

唐宋卷

主编 陈祖美

编著 林东海

河南文艺出版社
·郑州·

图书在版编目（CIP）数据

李白集/林东海编著. —郑州：河南文艺出版社，
2018.11（2021.6 重印）

（中华经典好诗词/陈祖美主编）

ISBN 978-7-5559-0704-6

Ⅰ.①李…　Ⅱ.①林…　Ⅲ.①唐诗–选集　Ⅳ.①
I222.742

中国版本图书馆 CIP 数据核字（2018）第 134956 号

总　策　划：王国钦
　　　　　　莫真宝
本书策划：崔晓旭
责任编辑：崔晓旭
责任校对：殷现堂
封面设计：刘　民
美术编辑：张一萌

出版发行　　河南文艺出版社
本社地址　　郑州市郑东新区祥盛街 27 号 C 座 5 楼
承印单位　　河南瑞之光印刷股份有限公司
经销单位　　新华书店
纸张规格　　890 毫米×1240 毫米　1/32
印　　张　　6.5
字　　数　　145 000
版　　次　　2018 年 11 月第 1 版
印　　次　　2021 年 6 月第 2 次印刷
定　　价　　29.00 元

印厂地址　　河南省武陟县产业集聚区东区（詹店镇）泰安路
邮政编码　　454950　　电话　0371–63956290

导言

陈祖美

　　"中华经典好诗词"丛书是从浩如烟海的中华优秀诗词中几经精简、优中选优的一套经典诗词丛书。全套丛书共分先唐、唐宋、元明清三卷。其中唐宋卷唐代部分包括大小李杜,即李白、杜甫、李商隐、杜牧四位大家的作品专集,以及唐代其他名家的诗词精品,即《唐代合集》;宋代部分包括柳永、苏轼、陆游、辛弃疾四位大家的作品专集,以及宋代其他名家的诗词精品,即《宋代合集》。唐宋卷合计共十种。

　　综观本卷的十个卷本,各有别致之处和亮点所在。

　　李白和杜甫本是唐代名家中的领军人物,读过李、杜二卷更可进一步领略李、杜之别不在于孰优孰劣,而主要在于二人的性情禀赋、所处环境、生平际遇,以及所运用的浪漫主义和现实主义创作方法的不同。从林如海所编的《李白集》中,我们可以体会到诗仙作品那"笔落惊风雨,诗成泣鬼神"的艺术魅力。宋红编审在编撰《杜甫集》时,纠正了新旧注释中的不少错误,再三斟酌杜甫的全部诗作,为我们提供了不曾为历代选家所关注的一些新篇目,使我们对杜甫有了更深层次的认识。

在李白、杜甫身后一个多世纪的晚唐时代,再度出现了李商隐、杜牧光耀文坛的盛事。

平心而论,在唐宋卷的十种中,《李商隐集》的编撰怕是遇上较多难题的一种。感谢黄世中教授,他凭借对李商隐研究的深厚功底,不惮辛劳,从李商隐现存的约六百首诗作中遴选出八大类佳作,为我们消除与李商隐的隔膜开辟了一条捷径。

杜牧比李商隐的幸运之处,在于他尽管受到时相李德裕的多方排挤,却得到了同等高官牛僧孺的极力呵护和器重。再说杜牧最后官至中书舍人,职位也够高了。从总体上看,杜牧的一生风流倜傥,不乏令人艳羡之处,他的相当一部分诗歌读来仿佛是在扬州"九里三十步的长街"上徜徉。对于胡可先教授所编的《杜牧集》,您不妨在每年的春天拿来读一读,体验一下"腰缠万贯,骑鹤下扬州"的美好憧憬。

《唐代合集》所面临的主要难题是版面有限而名家、好诗众多。为了在有限的版面中少一点遗珠之憾,编者陈祖美主要采取了以下三种缓解之策:一是对多家必选的长诗,如《春江花月夜》《长恨歌》《琵琶行》等忍痛割爱;二是著名和常见选本已选作品,尽量避免重复,这里不再选用;三是精简点评字数。

唐宋卷中《柳永集》的编撰难度同样很大,其难点正如陶然教授所说:在柳永的生平仕履中谜团过多、褒贬不一。所幸,陶然教授继承和发扬了其业师吴熊和教授关于柳永研究的种种专长和各项成果,创造性地运用到本书的编撰之中,从而玉成了这一雅俗共赏的好读本。

仅就本丛书所限定的诗词而言,苏轼有异于以词名世的柳永和辛弃疾,泂为首屈一指的"跨界诗词王"!那么,面对这位拥有两千多首诗、三百多首词的双料王牌,本书的编撰者陶文鹏教授运用了何种神机妙策,让读者得以便捷地领略到苏轼其人其作的精髓所在呢?答曰:科学分类,妙笔点睛。不仅如此,本集在题材类编同时,还按照五绝、七绝、五律、七律、词、古风等不同体裁加以排列。编撰者将辛劳留给自己,将方便奉献给读者。

高利华教授所编撰的《陆游集》,则是对陆游"六十年间万首诗"的精心提取。正是这种概括和提取,为我们走近陆游打开了方便之门。编者将名目繁多的《剑南诗稿》(包括一百三十多首《放翁词》)中优中选优的上上佳作分为九大类。我们从前几个类别中充分领略了陆游的从军之乐和爱国情怀,而编者所着力推举的沈园诗则是陆游对宋诗中绝少的爱情篇章的另一种独特贡献。尤其值得一提的是,《陆游集》的更大亮点在于"家祭无忘告乃翁"这一类诗所体现的好家风。山阴陆氏的好家风,既包括始自唐代陆龟蒙诗书相传的"笠泽家风",更有殷切期望后人继承和发扬为国分忧、有所担当的牺牲精神。

邓红梅教授所编的《辛弃疾集》,将辛弃疾六百余首词中的佳作按题材分为主战爱国词和政治感慨词等十一类,从而把人称"词中之龙"的辛弃疾,由人及词全面深刻地做了一番透视与解剖。这样,即使原先是"稼轩词"的陌路人,读了邓红梅的这一编著,沿着她所开辟的这十多条路径往前走,肯定会离辛弃疾越来越近,并从中获得自己所渴望的高品位的精神享受。

唐宋卷由《宋代合集》压轴,不失为一种造化,因为本集的编撰者王国钦先生一贯擅出新招儿、绝招儿。他别出心裁地将本集的八个分类栏目之标题依次排列起来，巧妙地构成一首集句七言诗：

彩袖殷勤捧玉钟，为谁醉倒为谁醒？
好山好水看不足，留取丹心照汗青。
流水落花春去也，断续寒砧断续风。
目尽青天怀今古，绿杨烟外晓寒轻。

　　读了这首诗想必读者不难看出，这八句诗分别出自宋代或由唐入宋的诗词名家之手。这些佳句呈散沙状态时，犹如被深埋的夜明珠难以发光。国钦先生以其披沙拣金之辛劳和出人意料的奇思妙想，将其连缀成为一首好诗。它不仅概括了本集的主要内容，也无形中大大增添了读者的兴趣。

接连手术后未及痊愈，丁酉暮春
勉力写于北京学院路寓所
2017 年 12 月

目 录

韵里江山·遥看瀑布挂前川

行路维艰 · 拔剑四顾心茫然

友情答赠·别意与之谁短长

感慨兴怀·仰天大笑出门去

别有怀抱·明朝有意抱琴来

韵里江山

遥看瀑布挂前川

访戴天山道士不遇①

犬吠水声中，桃花带露浓②。

树深时见鹿，溪午不闻钟。

野竹分青霭③，飞泉挂碧峰。

无人知所去，愁倚两三松。

[注释]

①戴天山：又名大匡山，或称康山，一说指大匡山主峰。在今四川江油。
②带露浓：一作"带雨浓"。
③霭：云气。

[点评]

　　此为早年读书匡山时所作。意境幽深，清新自然，尤工于设色，善于以动写静。太白不为诗律所缚，然颇工于律，于此见之。

峨眉山月歌^①

峨眉山月半轮秋,影入平羌江水流^②。

夜发清溪向三峡^③,思君不见下渝州^④。

[注释]

①峨眉山:在今四川峨眉山市。

②平羌:平羌江,今名青衣江。源出四川雅安,至乐山汇大渡河入岷江。

③清溪:驿名。宋称平羌驿,即嘉州附近之板桥驿。见《乐山县志》。三峡:指长江三峡。

④君:旧注以为指月,或说指元丹丘。以指道友为宜。渝州:今重庆。

[点评]

当是出蜀途中所作。诗带别绪,然情深而意快,节奏流利,音律悠扬,故虽连用五地名,而不板滞。

早发白帝城①

朝辞白帝彩云间,千里江陵一日还②。

两岸猿声啼不尽③,轻舟已过万重山。

[注释]

①白帝城:东汉公孙述所筑。述自称白帝,因以名城。故址在今重庆奉节白帝山上。

②江陵:唐为荆州治所,今湖北荆州市。还:音义同"旋",快捷貌。句意本盛弘之《荆州记》:"朝发白帝,暮到江陵,其间千二百里,虽乘奔御风,不以疾也。"

③"两岸"句:写三峡猿啼,无悲凄之感。《水经注·江水》引渔歌曰:"巴东三峡巫峡长,猿鸣三声泪沾裳。"反其意而咏之。啼不尽,一作"啼不住"。

[点评]

题一作《白帝下江陵》。诗情奔放,节奏轻快,如三峡流水,正表现年轻诗人胸次。故当是初出川时所作。或说流夜郎遇赦回程所作,细酌诗情,无苍凉之感,与宿巫山之作,情味有别,故知作非其时也。

渡荆门送别①

渡远荆门外,来从楚国游②。

山随平野尽,江入大荒流。

月下飞天镜,云生结海楼。

仍怜故乡水,万里送行舟③。

[注释]

①荆门:荆门山,在今湖北宜都长江南岸,与北岸虎牙相对如门,故名。为楚之西塞。见盛弘之《荆州记》。

②楚国:此指楚地,指今湖北省境。

③"仍怜"二句:江水自蜀入楚,白少长蜀中,故云。

[点评]

　　本篇为初出川至荆门时所作,视野开阔,气象恢宏。盖得江山之助,蜀中无此境,必待入楚始得之。"山随"一联语壮而景阔,与杜甫"星垂平野阔,月涌大江流",堪称匹敌。

荆州歌

白帝城边足风波②,瞿塘五月谁敢过③!

荆州麦熟茧成蛾,缲丝忆君头绪多④,

拨谷飞鸣奈妾何⑤!

[注释]

①荆州歌:又名《荆州乐》,乐府杂曲旧题。荆州,今湖北荆州市。

②白帝城:在今重庆奉节白帝山上,为东汉公孙述所建。

③瞿塘:在白帝山下夔门之上,古有滟滪堆,五月水涨,舟行尤险。

④缲丝:煮茧抽丝。丝,与"思"谐音,语意双关。

⑤拨谷:俗称"布谷鸟"。牝牡飞鸣,羽翼相摩,因借以起兴,发思君之情。

[点评]

　　梁简文帝《荆州歌》云:"纪城南里望朝云,雉飞麦熟妾思君。"为本篇所拟。其写荆州思妇,情景皆妙,深得汉魏六朝乐府风神。

秋下荆门^①

霜落荆门江树空，布帆无恙挂秋风^②。

此行不为鲈鱼鲙^③，自爱名山入剡中^④。

［注释］

①荆门：此指荆州。门，以城门代指地名，犹如白门、吴门、都门。

②布帆无恙：用顾恺之语。《晋书·顾恺之传》载，殷仲堪镇荆州，参军顾恺之因假东还，借仲堪布帆。恺之与仲堪笺曰："行人安稳，布帆无恙。"后因以"布帆无恙"指"行人安稳"。

③鲈鱼鲙：晋张翰官于洛阳，见秋风起，思吴中莼菜羹、鲈鱼鲙，遂命驾东归。见《晋书·张翰传》。

④剡中：今浙江嵊州与新昌一带。

［点评］

　　题一作《初下荆门》。诗作于自荆州东下之时，据诗意，其时有入剡之想。或因病滞维扬，故似未尝至剡中。

望天门山①

天门中断楚江开②,碧水东流至此回③。

两岸青山相对出,孤帆一片日边来。

[注释]

①天门山:在今安徽当涂西南长江之滨。博望、梁山东西隔江对峙如门,合称天门山。太白有《天门山铭》。

②楚江:指长江。长江在蜀称蜀江,入楚称楚江,入吴称吴江。

③至此回:一作"至北回",又作"直北回"。或以为"北"乃"此"之讹。盖江水至此而折回向北。

[点评]

　　写舟行望天门山,极轻快自然,与《早发白帝城》同一韵调。或以为二诗"俱极自然,洵属神品,足以擅场一代"(《唐宋诗醇》),可谓深于诗者也。

金陵城西楼月下吟①

金陵夜寂凉风发,独上高楼望吴越②。

白云映水摇空城,白露垂珠滴秋月。

月下沉吟久不归,古来相接眼中稀。

解道澄江净如练,令人长忆谢玄晖③。

[注释]

①金陵:今江苏南京。西楼:作者另有《玩月金陵城西孙楚酒楼达曙歌吹日晚乘醉着紫绮裘乌纱巾与酒客数人棹歌秦淮往石头访崔四侍御》诗,或疑指孙楚酒楼。

②吴越:指今江浙一带,即古吴越之地。

③"解道"二句:谢朓《晚登三山还望京邑》诗:"余霞散成绮,澄江静如练。"谢玄晖,谢朓字玄晖,南齐著名诗人。最为太白所折腰,故有谓其"一生低首谢宣城"(王士禛《戏仿元遗山论诗绝句》)。二句宋魏庆之《诗人玉屑》作:"解道澄江静如练,令人还忆谢玄晖。"然则,太白似不曾易"静"为"净"也。既曰"澄",不必复用"净","静"字胜。

[点评]

本篇为月夜登金陵城西楼怀古之作,意颇自负,谓古来诗人能踵武前贤者无几,其玄晖或近之。有"舍我其谁"

（《孟子·公孙丑》）之慨。

登太白峰①

西上太白峰，夕阳穷登攀。太白与我语②，为我开天关③。愿乘泠风去④，直出浮云间。举手可近月，前行若无山。一别武功去⑤，何时复更还？

[注释]

①太白峰：即太白山。为秦岭主峰之一，在今陕西太白县。
②太白：金星。又称太白金星。
③天关：天帝的禁门。屈原《远游》："命天阍其启关兮，排阊阖而望予。"
④泠风：小风，和风。《庄子·齐物论》："泠风则小和，飘风则大和。"《释文》："泠风，泠泠小风也。"
⑤武功：武功山。唐属武功县。其山北连太白，故及之。

[点评]

本篇为初入长安西游邠岐经太白山时所作。其时太白峰巅终年积雪，人迹未到，故应未登峰顶。所谓"穷登攀"，乃夸张之词。

襄阳曲①（四首）

一

襄阳行乐处，歌舞白铜鞮②。江城回渌水，花月使人迷。

二

山公醉酒时，酩酊高阳下。头上白接䍦，倒着还骑马③。

三

岘山临汉江④，水绿沙如雪。上有堕泪碑⑤，青苔久磨灭。

四

且醉习家池⑥，莫看堕泪碑。山公欲上马，笑杀襄阳儿。

[注释]

①襄阳曲：即《襄阳乐》，乐府清商曲旧题。襄阳，今湖北襄樊。

②白铜鞮：又作《白铜蹄》，梁时歌谣。萧衍镇襄阳，有童谣曰："襄阳白铜蹄，反缚扬州儿。"或附会为铁骑，谓萧衍军之兴，扬州之将士皆面缚降服。不久，萧衍自襄阳起兵，入建康，自称帝，为梁武帝。因以"白铜蹄"造新声，帝自为词三曲。见《隋书·音乐志》。

③"山公"四句：用晋山简故事。《世说新语·任诞》："山季伦为荆州，时出酣畅。人为之歌曰：'山公一时醉，径造高阳池。日莫倒载归，茗艼无所知。复能乘骏马，倒着白接䍦。举手问葛强，何如并州儿？'高阳池在襄阳。强是其爱将，并州人也。"山公，指山简，字季伦，晋征南将军。白接䍦，即白帽。

④岘山：在襄阳东南，东临汉水。今属湖北襄樊。

⑤堕泪碑：晋羊祜督荆州诸军事，达十年之久，有政绩。常登岘山，置酒吟咏。死后，襄阳父老于岘山建庙立碑。见其碑者莫不堕泪。杜预因名之曰"堕泪碑"。见《晋书·羊祜传》。

⑥习家池：《世说新语》刘孝标注引《襄阳记》："汉侍中习郁于岘山南，依范蠡养鱼法作鱼池。池边有高堤，种竹及长楸，芙蓉菱茨覆水，是游燕名处也。山简每临此池，未尝不大醉而还，曰：'此是我高阳池也！'襄阳小儿歌之。"

[点评]

　　本题四首，均写襄阳风情人物，意颇潇洒。风格在童谣与六朝乐府之间，清新自然。诗作于青年时期漫游荆州之时，可知太白之习乐府民歌，早已达到神似的境地。

太原早秋①

岁落众芳歇，时当大火流②。霜威出塞早，云色渡河秋。梦绕边城月，心飞故国楼。思归若汾水③，无日不悠悠。

[注释]

①太原：亦称并州，是有唐王业发祥地。天宝元年改为北京。今属山西。

②大火流：《诗经·豳风·七月》"七月流火"，朱熹传曰："流，下也。火，大火心星也。以六月之昏加于地之南方，至七月之昏，则下而西流矣。"

③汾水：又称汾河，黄河支流，源出山西宁武管涔山，至河津入黄河。

[点评]

太白与元演同游太原，适值元父镇并州之时，虽有"琼杯绮食""翠娥婵娟"足资游赏，然于仕进却一无所成，故思归心切，乃至"梦绕边城月，心飞故国楼"。而意绪飞扬，无积弱之弊。《唐宋诗醇》谓："健举之至，行气如虹。"非虚夸语也。

陪从祖济南太守泛鹊山湖^①（三首）

一

初谓鹊山近，宁知湖水遥。此行殊访戴^②，自可缓归桡。

二

湖阔数十里，湖光摇碧山。湖西正有月，独送李膺还^③。

三

水入北湖去，舟从南浦回^④。遥看鹊山转，却似送人来。

[注释]

①济南太守：姓李，名不详。太白称之"从祖"，或为北海太守李邕。鹊山湖：故址在济南城北二十里。今济南之华不注山与黄河鹊山，是其故地。当时湖面极阔，今已成陆地。

②访戴：用王子猷雪夜访戴安道事。见《世说新语·任诞》。

③李膺:字元礼,后汉襄城人。桓帝时为司隶校尉。朝纲废弛,膺独持风裁,以声名自高。《后汉书·郭太传》:"后归乡里,衣冠诸儒送至河上,车数千辆。林宗唯与李膺同舟而济,众宾望之,以为神仙焉。"

④南浦:鹊山湖南水滨。旧注:"南浦,在鹊山湖之南。"

[点评]

　　本题三首,如组诗,写湖之阔大与泛舟情趣,清新自然,有南朝乐府情韵,而骨力过之。

忆旧游寄谯郡元参军①

　　忆昔洛阳董糟丘,为余天津桥南造酒楼②。黄金白璧买歌笑,一醉累月轻王侯。海内贤豪青云客,就中与君心莫逆③。回山转海不作难,倾情倒意无所惜。我向淮南攀桂枝④,君留洛北愁梦思。不忍别,还相随。相随迢迢访仙城⑤,三十六曲水回萦。一溪初入千花明,万壑度尽松风声。银鞍金络到平地,汉东太守来相迎⑥。紫阳之真人⑦,邀我吹玉笙。餐霞楼上动仙乐⑧,嘈然宛似鸾凤鸣。袖长管催欲轻举,汉中太守醉起舞⑨。手持锦袍复我身，我醉横眠枕其股。当筵意气凌九霄，星离雨散不终朝，分飞楚关山水遥⑩。余既还山寻故巢⑪，君亦归家度渭桥⑫。君家严君勇貔虎，作尹并州遏戎虏⑬。五月相呼渡太行⑭，摧轮不道羊肠苦⑮。行来北凉岁月深⑯，感君贵义轻黄金。琼杯绮食青玉案，使我醉饱无归心。时时出向城西曲，晋祠流水如碧玉⑰。浮舟弄水箫鼓鸣，微波龙鳞莎草绿⑱。兴来携妓恣经过，其若杨花似雪何。红妆欲醉宜斜日，百尺清潭写翠娥。翠娥婵娟初月辉，美人更唱舞罗衣。清风吹歌入空去，歌曲自绕行云飞⑲。此时行乐难再遇，西游因献长杨赋。北阙青云不可期，东山白首还归去⑳。渭桥南头一遇君㉑，酂台之北又离群㉒。问余别恨今多少，落花春暮争纷纷㉓。言亦不可尽，情亦不可及㉔。呼儿长跪缄此辞，寄君千里遥相忆。

[注释]

①谯郡：今安徽省亳州市。元参军：指元演，时任谯郡录事参军。为太白好友。白另有《冬夜于随州紫阳先生餐霞楼送烟子元演隐仙城山序》）。

②"忆昔"二句：追忆洛阳游踪。洛阳为二人初识之处。董

糟丘,当是董氏酒家。酒店在天津桥南。天津桥,唐代洛水上的一座浮桥,位于洛阳城中,南北横架。

③莫逆:莫逆之交。《庄子·大宗师》谓子桑户、孟子反、子琴张"三人相视而笑,莫逆于心,遂相与为友"。

④淮南攀桂枝:语本《楚辞》淮南小山《招隐士》:"攀援桂枝兮聊淹留。"淮南,此指安陆。时李白酒隐安陆。唐代安陆属淮南道。

⑤仙城:仙城山。在随州光化,今湖北随州市。《随州志》:"善光山,在南七十里,本名仙城山。"

⑥汉东太守:即随州刺史。汉东,天宝元年改随州为汉东郡。郡即今湖北随州。

⑦紫阳之真人:指道士胡紫阳。居随州苦竹院,有餐霞楼。

⑧餐霞楼:当在随州苦竹院。见《冬夜于随州紫阳先生餐霞楼送烟子元演隐仙城山序》。又《汉东紫阳先生碑铭》云:"所居苦竹院,置餐霞之楼,手植双桂,栖迟其下。"

⑨"汉中"句:一本作"汉东太守醂歌舞"。汉中,当作"汉东"。《河岳英灵集》作"汉东太守醉起舞",是。

⑩楚关:楚地关山。随州属楚地。

⑪故巢:指安陆之家。

⑫渭桥:渭桥有三,此指东渭桥。由东向西入长安必经此桥。

⑬"君家"二句:谓元演父亲为并州尹兼北都留守,管数郡军事。严君,指父母。《易·家人》:"家人有严君焉,父母之谓也。"此指其父。貔虎,《尚书·牧誓》:"如虎如貔。"后多用以形容战士。戎虏,指敌寇。

⑭太行:太行山。

⑮"摧轮"句:曹操《苦寒行》:"北上太行山,艰哉何巍巍。羊肠坂诘屈,车轮为之摧。"羊肠坂,在太行山。

⑯北凉:当作"北京"。天宝元年改北都为北京。《河岳英灵集》作"北京",宋黄庭坚草书抄写本亦作"北京",是。

⑰晋祠:周唐叔虞之祠。晋水发源地。在今山西太原西南悬瓮山下。

⑱"浮舟"二句:化用汉武帝《秋风辞》:"横中流兮扬素波,箫鼓鸣兮发棹歌。"龙鳞,水波形。晋潘岳《金谷集作》诗:"滥泉龙鳞澜。"

⑲"清风"二句:写歌声之妙。《列子·汤问》载,秦青"抚节悲歌,声振林木,响遏行云"。

⑳"此时"四句:谓并州别后曾入京复还山。长杨赋,汉成帝射猎,扬雄侍从,归作《长杨赋》以献。北阙,古宫殿北墙门楼。上书奏事多诣北阙。后以北阙代指朝廷。东山,指谢安所隐东山,在今浙江上虞。此借指隐居之处。有自比谢安之意。

㉑渭桥南头:一本作"涡水桥南"。按,作涡水是,涡水流经亳县。

㉒酂台:指酂县,唐属谯郡。在今河南永城之西。

㉓"问余"二句:一本作"莺飞求友满芳树,落花送客何纷纷"。

㉔不可及:一作"不可极"。

[点评]

　　本篇回忆与元演交游聚散情况,叙事抒情,层次清楚,节奏从容,是奇伟俊拔的长篇七古。《唐宋诗醇》谓其"如大江无风,波浪自涌,白云从空,随风变灭,可谓怪伟奇绝者矣",正道出此诗特点。非有太白之才气,实不足以驾驭此等富于转折变幻之长篇也。其法可以领会而不可以模仿。

登金陵凤凰台①

凤凰台上凤凰游,凤去台空江自流。吴宫花草埋幽径,晋代衣冠成古丘②。三山半落青天外③,一水中分白鹭洲④。总为浮云能蔽日,长安不见使人愁⑤。

[注释]

①凤凰台:相传南朝宋元嘉十六年有鸟翔集山间,文彩五色,音声和谐,时人谓之凤凰,因起台于山,曰凤凰台。故址在金陵西南隅花露冈,今江苏南京第四十三中校园内。

②"吴宫"二句:谓昔时盛世,今成陈迹。三国吴与东晋,均都于金陵,故特拈吴、晋以代六朝。

③三山:在今江苏南京西南江宁建新长江之滨。山为三个小山头,未见其高,然远望则缥缈如在云中。

④一水:一作"二水"。白鹭洲,唐时尚在长江中。后渐移与岸接壤而成为陆地。其址在今南京水西门外。

⑤"总为"二句:自伤被谗去朝。因触景而生愁。浮云能蔽

日,陆贾《新语·慎微》:"邪臣之蔽贤,犹浮云之障日月也。"

[点评]

本篇即景抒情,怀古伤今,为历来传诵名篇。或以为拟崔颢《黄鹤楼》诗,格式似之,然崔诗又似沈佺期《龙池篇》,又何说也!盖古乐府歌行本有此不避复词之顶真格,律体初成,带入此格,遂成定式,实未必师承,亦无须甲乙也。诚哉《唐宋诗醇》之言:"崔诗直举胸情,气体高浑,白诗寓目山河,别有怀抱,其言皆从心而发,即景而成,意象偶同,胜境各擅,论者不举其高情远意而沾沾吹索于字句之间,固已蔽矣。至谓白实拟之以较胜负,并谬为捶碎鹤楼等诗,鄙陋之谈,不值一噱也。"

天台晓望①

天台邻四明②,华顶高百越③。门标赤城霞,楼栖沧岛月④。凭高远登览,直下见溟渤⑤。云垂大鹏翻,波动巨鳌没⑥。风潮争汹涌,神怪何翕忽⑦!观奇迹无倪⑧,好道心不歇。攀条摘朱实,服药炼金骨⑨。安得生羽毛,千春卧蓬阙⑩!

[注释]

①天台:天台山。为道教名山,山下有桐柏观。在今浙江天

台。

②四明:四明山。在今浙江宁波西南。为浙东名山,相传上有四石,四面如窗,中通日月星辰之光,因名四明山。

③华顶:天台山最高峰。可东望大海,观日月之升。百越,又作"百粤",越族所居之地,约跨江浙闽粤。

④"门标"二句:句法似宋之问《灵隐寺》"楼观沧海日,门对浙江潮"。赤城霞,赤城山,火烧岩色赤如霞。在天台山下。沧岛,即海岛。

⑤溟渤:泛指大海。

⑥"云垂"二句:当时以为警句。任华《杂言寄李白》诗:"登天台,望渤海。云垂大鹏飞,山压巨鳌背。斯言亦好在。"云垂大鹏,典出《庄子·逍遥游》:鲲化为鹏,"其翼若垂天之云"。巨鳌,典出《列子·汤问》:海上五神山由十五巨鳌顶戴于海中。

⑦翕忽:迅疾貌。

⑧无倪:无边无际。倪,分也,际也。

⑨"攀条"二句:谓服食修炼。朱实,指丹木之实。《山海经·西山经》,丹木"黄华而赤实,其味如饴,食之不饥"。陶潜《读山海经》:"黄花复朱实,食之寿命长。"

⑩"安得"二句:谓羽化登仙。生羽毛,即羽化,指飞升成仙。蓬阙,指仙山宫阙。

[点评]

本篇当是去朝后入道籍,自东鲁南游吴越登天台时所作,故诗杂仙心,超然世外,求不可求之事以耗其壮志。

横江词①（六首）

一

人道横江好，侬道横江恶。一风三日吹倒山②，白浪高于瓦官阁③。

二

海潮南去过寻阳，牛渚由来险马当④。横江欲渡风波恶，一水牵愁万里长。

三

横江西望阻西秦⑤，汉水东连扬子津⑥。白浪如山那可渡，狂风愁杀峭帆人。

四

海神来过恶风回，浪打天门石壁开⑦。浙江八月何如此，涛似连山喷雪来⑧。

五

　　横江馆前津吏迎⑨，向余东指海云生。郎今欲渡缘何事，如此风波不可行⑩。

六

　　月晕天风雾不开，海鲸东蹙百川回⑪。惊波一起三山动⑫，公无渡河归去来⑬。

[注释]

①横江词：太白自创乐府新题。横江，亦名横江浦，在今安徽和县东南，与采石矶隔江相对，为古代横渡长江的要津。

②"一风"句：一本作"猛风吹倒天门山"。

③瓦官阁：又称瓦棺阁。原为瓦官寺阁，南朝梁建，高二百四十尺。在今南京西南花露冈一带。杨齐贤注引《瓦官寺碑》："江左之寺，莫先于瓦官。晋武帝时，建以瓦官故地，故名瓦官，讹而为'棺'。或亦昔有僧，诵经于此，既死，葬以虞氏之棺，墓上生莲花，故曰瓦棺。中有瓦棺阁，高二十五丈。唐为升元阁。"

④"海潮"二句：言古者海潮经牛渚矶直过寻阳。寻阳，唐之江州，今之九江。牛渚，牛渚矶，在今马鞍山采石。陆游《入蜀记》二："采石，一名牛渚，与和州对举。江面北瓜州为狭，故隋韩擒虎平陈及本朝曹彬下南唐，皆自此渡。然微风辄浪作，不可行。"马当，即马当山。在今江西彭泽东北长江之

滨。古时为江行险阻。

⑤西秦:古秦中,今陕西。此代指长安。

⑥汉水:源出汉中,流经陕南,至湖北汉口入长江。此兼指长江。扬子津:在今江苏扬州南,为古代渡江要津。古代金陵西有横江津,东有扬子津,皆为保障帝都的江关要塞。

⑦天门:天门山。博望、梁山东西隔江对峙如门,故称天门。在今安徽马鞍山当涂西南。

⑧"浙江"二句:谓浙江八月海潮虽壮,然不及天门山风浪之恶。浙江,今之钱塘江。八月十八海潮最盛。

⑨横江馆:亦名采石驿,渡口驿馆。今马鞍山采石犹有横江馆路。津吏:古代于津渡掌管舟梁之事的官吏。

⑩"郎今"二句:梁简文帝《乌栖曲》:"采莲渡头碍黄河,郎今欲渡畏风波。"

⑪"海鲸"句:本木华《海赋》所谓横海之鲸"翕波则洪涟踧踖,吹涝则百川倒流"。

⑫三山:即三山矶,在今江苏南京西南江宁建新,临长江,为古时津戍。

⑬公无渡河:化用乐府古题《公无渡河》。

[点评]

　　本题六首,犹如组诗,意似贯珍,一气直下,备写风波之恶,以公无渡河作结,喻世路之艰难,是从古乐府《公无渡河》化出,盖亦有所感而发者也。

过崔八丈水亭①

　　高阁横秀气,清幽并在君。檐飞宛溪水②,窗落敬亭云③。猿啸风中断,渔歌月里闻。闲随白鸥去,沙上自为群。

［注释］

①崔八丈水亭:在宣城,水亭高阁当在城东宛溪之滨,为崔八之栖隐处。太白居宣城,应是水亭常客,另有《秋夜崔八丈水亭送崔二(二崔)》诗。
②宛溪:流经宣城东。
③敬亭:敬亭山,在宣城西北。

［点评］

　　本篇颂崔八丈之水亭,颇富清幽闲逸之致,当是合崔八情趣。

秋登宣城谢朓北楼①

　　江城如画里,山晚望晴空。两水夹明镜②,双桥落彩虹③。人烟寒橘柚,秋色老梧桐。谁念北楼上,临风怀谢公④!

[注释]

①宣城:今属安徽。谢朓北楼:即高斋,南齐谢朓为宣城太守时所建,人称谢朓楼,故址在今宣城陵阳山上。
②两水:指城东之宛溪与句溪。
③双桥:指隋朝于宛溪上所建之凤凰、济川二桥。见《江南通志》。
④谢公:指谢朓。

[点评]

　　本篇为登宣城北楼有怀谢朓而作。太白于南朝宋齐,最服膺鲍照与谢朓,其乐府歌行得益于鲍,其五言小诗得益于谢。其于谢诗尤为倾倒,即所谓"一生低首谢宣城"(王士禛《论诗》绝句),故结语云"临风怀谢公"。

新林浦阻风寄友人①

　　潮水定可信,天风难与期。清晨西北转,薄暮东西吹。以此难挂席,佳期益相思②。海月破圆景,菰蒋生绿池③。昨日北湖梅④,开花已满枝。今朝白门柳⑤，夹道垂青丝。岁物忽如此，我来定几时？纷纷江上雪，草草客中悲。明发新林浦，空吟谢朓诗⑥。

[注释]

①新林浦：发源于牛首山，在金陵西南二十里。

②"以此"二句：宋本、缪本俱注："一本：'以此难挂席，洄沿颇淹迟。使索金陵书，又叨贤宰知。弦歌止过客，惠化闻京师。'"

③菰蒋：俗称茭白。

④北湖：即玄武湖。在金陵之北，故称。

⑤白门：指金陵城西门。西属金，金色白，故西门称白门。亦借指金陵。

⑥谢朓诗：谢朓有《暂使下都夜发新林至京邑赠西府同僚》，又有《之宣城郡出新林浦向板桥》诗。谢朓，南齐诗人，其诗清新隽永，为太白所倾倒。

[点评]

　　题一作《金陵阻风雪书怀寄杨江宁》，两题均见于《文苑英华》，字句小异而大同，故编辑时合为一诗。综观二题，本篇当是寄江宁杨利物，言于新林浦阻风，未能如期赴约至金陵。另本中多四句，赞江宁宰杨利物，今本则因滞留新林浦，而怀念谢朓，并吟咏其新林浦之诗。

清溪行^①

清溪清我心,水色异诸水。借问新安江,见底何如此^②!人行明镜中,鸟度屏风里^③。向晚猩猩啼,空悲远游子。

[注释]

①清溪:在秋浦之北,源出考溪,经池州入火江。
②"借问"二句:谓其清胜于新安江。新安江,一名歙江,源出安徽歙县,东入浙江,其水极清。沈约有《新安江水至清浅深见底贻京邑游好》诗。
③"人行"二句:陈释惠标《咏水诗》:"舟如空里泛,人似镜中行。"各取眼前景而自成佳句,不必因袭。

[点评]

本篇与《入清溪山》(亦题《宣城清溪》)一首合题为《宣城清溪二首》,二首词异而意同,均写游清溪情景,以山水猿鸟发兴。清溪在秋浦,代宗永泰始划归池州,此前属宣州,故题称"宣城清溪"。

下寻阳城泛彭蠡寄黄判官①

　　浪动灌婴井，寻阳江上风②。开帆入天镜，直向彭湖东③。落影转疏雨，晴云散远空。名山发佳兴④，清赏亦何穷！石镜挂遥月，香炉灭彩虹⑤。相思俱对此，举目与君同。

[注释]

①寻阳：亦作浔阳，唐属江州。今江西九江。彭蠡：湖名，即今鄱阳湖。黄判官：黄姓地方官僚佐。余未详。

②"浪动"二句：写浪井。灌婴井，又称浪井，在今九江。井为灌婴所凿，后经孙权修复。《元和郡县图志》云："井极深，大江中风浪，井水辄动。"

③"开帆"二句：陆游《入蜀记》四："泛彭蠡口，四望无际，乃知太白'开帆入天镜'之句为妙。"天镜，形容湖面光平如镜。彭湖，即彭蠡湖。

④"落影"三句：一本作："返影照疏雨，轻烟淡远空。中流得佳兴。"

⑤石镜：彭蠡湖滨，庐山之东悬崖间的一块圆形巨石，即《庐山谣寄卢侍御虚舟》所云"闲窥石镜清我心"之石镜。香炉：指庐山香炉峰。二句一本作："瀑布洒青壁，遥山挂彩虹。"

　　写泛舟彭蠡湖之所见所感,全篇充满动感,浪动,风动,船动,雨动,云动,景亦动,甚切舟行之状。"名山发佳兴,清赏亦何穷",点明题旨,然语似寄情山水,意却别有怀抱。

望庐山五老峰①

　　庐山东南五老峰,青天削出金芙蓉②。九江秀色可揽结,吾将此地巢云松③。

[注释]

①五老峰:在庐山东南,南康城北。石山骨立,突兀凌霄,如五老骈肩,故名。太白曾隐于五老峰下九叠屏。

②芙蓉:莲花。太白常以芙蓉形容山形。如"兹山何峻秀,绿翠如芙蓉"(《古风》其二十),"太华三芙蓉,明星玉女峰"(《江上答崔宣城》),"天河挂绿水,秀出九芙蓉"(《望九华赠青阳韦仲堪》)等。

③巢云松:谓隐居于白云青松之间。宋祝穆《方舆胜览》一七"江东路南康军"引《图经》曰:"白性喜名山,飘然有物外志,以庐阜水石佳处,遂往游焉。卜筑五老峰下,有书堂旧基。后北归,犹不忍去,指庐山曰:'与君再会,不敢寒盟,丹崖绿壑,神其鉴之。'"

[点评]

　　自庐山东南望五老峰,烟云缭绕,似五老翁列坐于山巅,亦似五朵莲花并开于水涯。此诗正以芙蓉状五老。太白笔下之奇峰,多为芙蓉,华不注一芙蓉,华山三芙蓉,九华九芙蓉,黄山三十二芙蓉,此为五芙蓉,真乃妙笔生花也。太白以绝句擅长,然此非律绝,实属古调,而音响节奏有胜于平仄声律,唯太白有此特色。

望庐山瀑布①(二首)

一

　　西登香炉峰,南见瀑布水。挂流三百丈,喷壑数十里。欻如飞电来,隐若白虹起。初惊河汉落②,半洒云天里。仰观势转雄,壮哉造化功。海风吹不断,江月照还空③。空中乱潀射④,左右洗青壁。飞珠散轻霞,流沫沸穹石⑤。而我乐名山,对之心益闲。无论漱琼液,且得洗尘颜。且谐宿所好,永愿辞人间⑥。

二

日照香炉生紫烟,遥看瀑布挂前川⑦。飞流直下三千尺,疑是银河落九天⑧。

[注释]

①庐山瀑布:当指山南香炉峰前之黄崖瀑布或马尾瀑布。即所谓"香炉瀑布遥相望"(《庐山谣寄卢侍御虚舟》)。

②河汉:即银河。一本作"银河"。

③"海风"二句:在唐即为传诵名句。任华《杂言寄李白》:"登庐山,观瀑布。海风吹不断,江月照还空。余爱此两句。"

④漰射:众流汇合喷射而下。

⑤穹石:高大的山石。

⑥"且谐"二句:唐写本作"爱此肠欲断,不能归人间";又,一本作"集谱宿所好,永不归人间"。

⑦"日照"二句:一作"庐山上与星斗连,日照香炉生紫烟"。前川,缪本作"长川"。

⑧"飞流"二句:即前首"初惊河汉落,半洒云天里"之意,状瀑布之高之长。

[点评]

前篇唐写本题作《瀑布水》,后篇题一本作《望庐山香炉山瀑布》。任华《杂言寄李白》诗,但提及前,或疑其非一时之作,以其意象重复。无论同时所作或非一时所作,其体裁、

韵里江山・遥看瀑布挂前川

33

其写法均有明显差异。其写瀑布,一以实一以虚,一豪雄一清空,各有特色,亦诗体使然也,古风偏于质实,绝句则多空灵,故不可以优劣论也。银河之喻为苏轼所激赏,其诗云:"帝遣银河一派垂,古来惟有谪仙词。"(见葛立方《韵语阳秋》)

泛沔州城南郎官湖①

张公多逸兴,共泛沔城隅②。当时秋月好,不减武昌都③。四坐醉清光,为欢古来无。郎官爱此水,因号郎官湖。风流若未减,名与此山俱④。

[注释]

①沔州:或谓汉阳郡,治所在今湖北汉阳。郎官湖:原称南湖,原湖已涸,故址在今汉阳城内。太白更其名曰"郎官湖"。题下有《序》云:"乾元岁秋八月,白迁于夜郎,遇故人尚书郎张谓出使夏口,沔州牧杜公、汉阳宰王公觞于江城之南湖,乐天下之再平也。方夜水月如练,清光可掇。张公殊有胜概,四望超然,乃顾白曰:'此湖古来贤豪游者非一,而枉践佳景,寂寥无闻。夫子可为我标之嘉名,以传不朽。'白因举酒酹水,号之曰郎官湖,亦由郑圃之有仆射陂也。席上文士辅翼、岑静以为知言,乃命赋诗纪事,刻石湖侧,将与大别山共相磨灭焉。"

②"张公"二句:谓张谓宴白于沔州城南。张公,张谓,天宝二年进士,奉使长沙,大历间为礼部侍郎。

③武昌都:指江夏。今湖北武昌。

④此山:指大别山。在郎官湖上。位于今汉阳龟山之侧。

[点评]

流放途中作此,诗虽写苦中作乐,而豪兴却不减当年,此太白之所以为太白也。

宿巫山下①

昨夜巫山下,猿声梦里长②。桃花飞渌水,三月下瞿塘③。雨色风吹去,南行拂楚王④。高丘怀宋玉⑤,访古一沾裳。

[注释]

①巫山:在三峡之中,为楚蜀交界,有十二峰,以神女峰最著名。

②猿声:三峡多猿。《水经注·江水》:"每至晴初霜旦,林寒涧肃,常有高猿长啸,属引凄异,空谷传响,哀转久绝。"

③瞿塘:即瞿塘峡,又称夔峡,在白帝山下夔门之东。

④"雨色"二句:用宋玉《高唐赋》所写楚襄王梦巫山神女"旦为朝云,暮为行雨"事。

⑤高丘：楚有高丘之山。屈原《离骚》："哀高丘之无女。"此指巫山。宋玉：楚人，曾为楚襄王大夫。相传为屈原弟子。

[点评]

本篇写流夜郎遇赦出峡宿巫山下次日访古情怀。此前曾作《自巴东舟行经瞿塘峡登巫山最高峰晚还题壁》诗，知其晚还即宿巫山下。或说此诗作于初出川，味其意境，苍凉沉雄，似非青年所作，定为遇赦回舟之作无误。严羽《沧浪诗话·诗体》："有律诗彻首尾不对者。"（盛唐诸公有此体……又太白"牛渚西江夜"之篇。皆文从字顺，音韵铿锵，八句皆无对偶）本篇及《长信宫》《牛渚夜泊》皆属无对之律诗，杨慎《升庵诗话》二则以为"乃是平仄稳贴古诗也"。太白善古风，故虽声调入律，其体犹古也。

荆门浮舟望蜀江①

春水月峡来②，浮舟望安极？正是桃花流，依然锦江色③。江色绿且明④，茫茫与天平。逶迤巴山尽⑤，遥曳楚云行。雪照聚沙雁，花飞出谷莺。芳洲却已转，碧树森森迎。流目浦烟夕，扬帆海月生。江陵遥识火⑥，应到渚宫城⑦。

①荆门:山名,与虎牙相对,在宜都西北。郭璞《江赋》:"虎牙嵘竖以屹崒,荆门阙竦而磐礴。"蜀江:长江未出峡称蜀江。出峡后称楚江,入吴后称吴江。

②月峡:即明月峡。峡首南岸壁高四十丈,有圆孔,形若满月,故名。在今重庆。

③锦江:又称濯锦江。岷江支流。流经四川成都。

④"江色"句:陆游《入蜀记》曰:"与儿辈登堤观蜀江,乃知太白《荆门望蜀江》诗'江色绿且明',为善状物也。"

⑤巴山:又名大巴山,为川陕边界。此泛指巴蜀之山。

⑥江陵:唐为荆州治所。今湖北荆州。

⑦渚宫:楚宫,故址在今荆州沙市。

[点评]

　　本篇当是夜郎赦还出川过荆门时所作,其情调颇为深沉,已无初出夔门之轻快。其写江行所见两岸景物,非独善绘其色,如陆游所激赏之"江色绿且明",且亦善状其态,如"花飞出谷莺"。景色空明流动,诗亦圆转多姿。

与夏十二登岳阳楼①

楼观岳阳尽,川迥洞庭开②。雁引愁心去,山衔好月来。云间连下榻^③,天上接行杯。醉后凉风起,吹人舞袖回。

[注释]

①夏十二:夏姓,排行十二,事迹不详。岳阳楼:岳州西城门楼,下临洞庭湖。在今湖南岳阳之西。
②洞庭:即洞庭湖。
③下榻:用陈蕃为徐穉下榻事。见《后汉书·徐穉传》。借指留宿处。

[点评]

本篇为太白登岳阳楼诗,与孟浩然、杜甫之作相较,似不及孟杜岳阳楼诗之知名,然自有其韵味。虽无雄豪之概,却有清远之致。盖太白之"遭逢二圣主,前后两迁逐",已不复有豪雄之气,心境已归淡远矣,故诗有清远之致也。

陪族叔刑部侍郎晔
及中书贾舍人至游洞庭^①(五首)

一

洞庭西望楚江分^②,水尽南天不见云。日落长沙秋色远,不知何处吊湘君^③。

二

南湖秋水夜无烟④，耐可乘流直上天。且就洞庭赊月色，将船买酒白云边。

三

洛阳才子谪湘川⑤，元礼同舟月下仙⑥。记得长安还欲笑，不知何处是西天⑦。

四

洞庭湖西秋月辉，潇湘江北早鸿飞。醉客满船歌白苎⑧，不知霜露入秋衣。

五

帝子潇湘去不还⑨，空余秋草洞庭间。淡扫明湖开玉镜，丹青画出是君山⑩。

[注释]

①刑部侍郎晔：李晔，为文部侍郎李昕之弟，任刑部侍郎。以忤宦官李辅国，贬岭南尉。见《旧唐书·李岘传》。中书贾舍人至：贾至，曾任中书舍人，出任汝州刺史，以汝州失守，贬岳州司马。

②楚江：指长江。长江入楚称楚江。

③湘君：湘水之神。或说舜妃娥皇、女英死于湘江，俗称湘君。见《列女传》。

④南湖：指岳州洞庭湖。唐时湖在岳州巴陵县南一里余。

⑤洛阳才子：指贾谊。借喻贾至，至亦洛阳人。

⑥"元礼"句：用李膺(字元礼)事。《后汉书·郭太传》载，郭林宗还乡，送者甚众，林宗唯与李膺同舟，众望之如神仙。以李膺喻李晔。

⑦"记得"二句：暗用桓谭《新论》："人闻长安乐，则出门而西向笑。"意犹思念长安。

⑧白苎：乐府清商调曲名，为吴人所歌。

⑨帝子：指尧女娥皇、女英。《九歌·湘夫人》："帝子降兮北渚。"

⑩君山：又名湘山，在洞庭湖中。或云湘君所止，故名。见《元和郡县图志》江南道岳州。

[点评]

本题五首，写与李晔、贾至泛舟洞庭事。三人曾荣耀于长安，而今俱为迁客，流落至此，故别具情怀。发而为诗，虽带清愁，却自有潇洒之态。即目缀景，托古抒情，境界宏阔，意绪悠扬，有清空淡远之致。俞陛云谓："写景皆空灵之笔，吊湘君亦幽邈之思，可谓神行象外矣。"(《诗境浅说续编》)庶几得其神韵。或谓"太白《洞庭》五绝，结句三用'不知'二字，亦强弩之末也"(《柳亭诗话》)，殊不知唐人兴之所至，发言为诗，岂遑斟酌也。诚如杨慎《升庵诗话》所云："大抵盛唐大家正宗作诗，取其流畅，不似后人之拘耳。"

陪侍郎叔游洞庭醉后^①（三首）

一

今日竹林宴^②，我家贤侍郎。三杯容小阮^③，醉后发清狂。

二

船上齐桡乐，湖心泛月归。白鸥闲不去，争拂酒筵飞。

三

划却君山好^④，平铺湘水流。巴陵无限酒^⑤，醉杀洞庭秋。

[注释]

①侍郎叔：指刑部侍郎李晔。时由刑部贬职岭南。

②竹林宴：指晋阮籍、阮咸叔侄竹林之饮。事见《晋书·阮籍传》。喻与侍郎叔李晔同醉于洞庭。

③小阮：指阮咸。作者自喻。

④君山：在洞庭湖中。

⑤巴陵：唐县名，岳州所在地，今湖南岳阳。

[点评]

　　本题三首，均五言绝句，写与李晔泛舟洞庭，语似醉似狂，却愈奇愈豪，自是太白本色。正所谓"率尔道出，自觉高妙"（明郝敬《批选唐诗》）。

行路维艰

拔剑四顾心茫然

苏台览古①

旧苑荒台杨柳新②,菱歌清唱不胜春③。只今惟有西江月④,曾照吴王宫里人⑤。

[注释]

①苏台:姑苏台。旧说在姑苏山上,然唐人所说姑苏台,多指砚石山,即今灵岩山。李绅《姑苏台杂句序》云:"台今遗迹平芜,连接灵岩寺。采香径、响屧廊皆在寺内。"刘禹锡《忆春草》诗云:"馆娃宫外姑苏台,郁郁芊芊拨不开。"太白此诗亦以荒台与旧宫并举,均可证唐人以姑苏台位于今灵岩山。

②旧苑:指长洲苑。故址在今江苏省苏州市太湖北。左思《吴都赋》:"造姑苏之高台,临四远而特建。带朝夕之濬池,佩长洲之茂苑。"荒台:指姑苏台。

③菱歌:采菱之歌。梁简文帝《棹歌行》:"妾家住湘川,菱歌本自便。"

④西江:西来大江,即长江。《庄子·外物》:"我且南游吴越之王,激西江之水而迎子,可乎?"

⑤吴王宫里人:指西施。越进美女西施于吴王夫差,夫差建馆娃宫居之,故称宫里人。以馆娃宫近姑苏台,故及之。

[点评]

本篇为游姑苏时吊古之作,语极凄清,不胜感慨。当是作于初游江东之时，故语虽感激，却似泛泛吊古之作，不必求之过深。唐卫万《吴宫怨》云："君不见吴王宫阁临江起，不见珠帘见江水。晓气晴来双阙间，潮声夜落千门里。勾践城中非旧春，姑苏台下起黄尘。只今惟有西江月，曾照吴王宫里人。"其体仿王勃《滕王阁诗》，其意则近太白《苏台览古》。明胡应麟《诗薮》内编卷三谓"末二句全与太白同，不知孰先后也"。按，卫万生平未详，《全唐诗》编其诗于卷七百七十三，作晚唐人，然则，当是卫万借用太白诗句也。

乌栖曲①

姑苏台上乌栖时，吴王宫里醉西施②。吴歌楚舞欢未毕，青山欲衔半边日③。银箭金壶漏水多④，起看秋月坠江波，东方渐高奈乐何⑤！

[注释]

①乌栖曲：乐府清商曲旧题。

②"姑苏"二句：任昉《述异记》："吴王夫差筑姑苏之台，三年乃成，周旋诘曲，横亘五里，崇饰土木，殚耗人力。宫妓数千人，上别立春宵宫，为长夜之饮。造千石酒钟，夫差作天池，池中造青龙舟，舟中盛陈妓乐，日与西施为水嬉。吴王于宫中作海灵馆、馆娃阁，铜沟玉槛，宫之楯槛，珠玉饰之。"姑苏台，故址在今苏州灵岩山，邻近馆娃宫。参阅《苏台览古》诗

注。

③"吴歌"二句:言极歌舞之欢。吴歌楚舞,吴地之歌,楚地
之舞,泛指歌舞。半边日,语本萧子显《乌栖曲》:"犹有残光
半山日。"

④银箭金壶:指滴漏,古计时器。以铜为壶,以银为箭(刻漏
指标),故称"银箭金壶"。

⑤东方渐高:谓东边红日高升。汉乐府《有所思》:"东方须
臾高知之。"或说"高"读为"皓",白。

[点评]

本篇婉而多讽,深得《国风》刺诗之旨,亦有所感而发
者。贺知章以为"此诗可以泣鬼神"(见《本事诗》),良有以
也。隐含乐极生悲的启示。

越中览古①

越王勾践破吴归②,义士还家尽锦衣③。宫女
如花满春殿,只今惟有鹧鸪飞④。

[注释]

①越中:指会稽。今浙江绍兴。

②勾践:春秋越国之君。为吴王夫差所败,卧薪尝胆,发愤图
强,终灭吴国,以雪国耻,克成霸业。见《史记·越王勾践世

家》。

③锦衣:彩衣。古显贵之服。《诗经·秦风·终南》:"君子至止,锦衣狐裘。"

④鹧鸪飞:状荒凉景象。以与前之盛况对照,感慨自在其中。

[点评]

　　本篇当是初游越中之作,与《苏台览古》同旨,均泛泛吊古,叹盛世荣华之无常,然似无身世之感。

夜泊牛渚怀古①

　　牛渚西江夜②,青天无片云。登舟望秋月,空忆谢将军③。余亦能高咏,斯人不可闻。明朝挂帆席④,枫叶落纷纷。

[注释]

①牛渚:牛渚矶,即采石矶。牛渚山突入长江部分。为长江之要津。

②西江:西来大江,指长江。

③谢将军:指谢尚。尚时官镇西将军,守牛渚,闻运船中有讽咏之声,甚有情致,询之,知为袁宏咏其所作《咏史诗》,大为叹赏,因加援引。见《世说新语·文学》。

④挂帆席:一作"洞庭去"。

题下原注："此地即谢尚闻袁宏咏史处。"有感于谢尚之识拔袁宏，因发吊古伤时之叹，诗咏怀古迹，而自伤知音之难遇。

蜀道难①

噫吁嚱②！危乎高哉！蜀道之难，难于上青天。蚕丛及鱼凫，开国何茫然③！尔来四万八千岁，不与秦塞通人烟④。西当太白有鸟道，可以横绝峨眉巅⑤。地崩山摧壮士死⑥，然后天梯石栈相钩连⑦。上有六龙回日之高标⑧，下有冲波逆折之回川。黄鹤之飞尚不得过，猿猱欲度愁攀援。青泥何盘盘⑨！百步九折萦岩峦。扪参历井仰胁息⑩，以手抚膺坐长叹。问君西游何时还，畏途巉岩不可攀。但见悲鸟号古木，雄飞雌从绕林间。又闻子规啼夜月⑪，愁空山。蜀道之难，难于上青天，使人听此凋朱颜。连峰去天不盈尺，枯松倒挂倚绝壁。飞湍瀑流争喧豗⑫，砯崖转石万壑雷⑬。

其险也若此，嗟尔远道之人胡为乎来哉！剑阁峥嵘而崔嵬⑭。一夫当关，万夫莫开。所守或匪亲，化为狼与豺⑮。朝避猛虎，夕避长蛇。磨牙吮血，杀人如麻。锦城虽云乐⑯，不如早还家。蜀道之难，难于上青天，侧身西望长咨嗟⑰。

[注释]

①蜀道难：乐府相和歌瑟调曲旧题。郭茂倩《乐府诗集》卷四十引《古今乐录》曰："王僧虔《技录》有《蜀道难行》，今不歌。"古辞失传，仿作今存最早者为梁简文帝、刘孝威及陈阴铿之诗。

②噫吁哦：感叹词。宋庠《宋景文公笔记》云："蜀人见物惊异，辄回噫吁哦。李白作《蜀道难》，因用之。"

③"蚕丛"二句：《太平御览》一六六引扬雄《蜀王本纪》："蜀之先称王者，有蚕丛、折权、鱼凫、开明。是时椎髻左衽，不晓文字，未有礼乐。从开明己上至蚕丛，凡四千岁。"蚕丛，蜀国先祖，相传教人蚕桑。鱼凫，古蜀王名。

④"尔来"二句：谓长期以来秦蜀未曾交通。四万八千岁，极言其久，非实数。秦塞，指秦国。秦四面险要，古称"秦四塞之国"（《战国策·齐策》），因称秦塞。

⑤"西当"二句：言秦蜀唯鸟道可通。意谓关塞山川隔绝交通。太白，山名，在今陕西太白县。鸟道，高险飞鸟之道。用以形容逼仄难行的山路。庾信《秦州天水郡麦积崖佛龛铭》："鸟道乍穷，羊肠或断。"峨眉巅，峨眉山绝顶。

⑥"地崩"句：《华阳国志·蜀志》："秦惠王知蜀王好色，许嫁

五女于蜀。蜀遣五丁迎之。还至梓潼，见一大蛇入穴中。一人揽其尾，掣之，不禁；至五人相助，大呼拽蛇，山崩。时压杀五人及秦五女并将从，而山分为五岭。"或说秦造五金牛，蜀王派五丁运回，蜀道始通。见《水经注·沔水》。

⑦天梯：登天之梯，后用以喻高险山路。石栈：悬崖绝壁凿石架木修筑的栈道。

⑧六龙回日：《初学记》一引《淮南子》："爰止羲和，爰息六螭。"注曰："日乘车，驾以六龙，羲和御之。日至此而薄于虞泉，羲和至此而回六螭。"高标：指高耸的物体。此指山峰。左思《蜀都赋》："羲和假道于峻岐，阳乌回翼乎高标。"

⑨青泥：指青泥岭。为古入蜀要道。上多雨水，途多泥淖，故名。在今甘肃徽县南、陕西略阳西北。盘盘：盘转曲折。

⑩扪参历井：极言山之高，上可手扪星辰。参、井，两星名。胁息：敛气屏息。

⑪子规：又名杜鹃，或谓蜀国望帝杜宇之魄所化。

⑫喧豗：指飞瀑喧腾之声。

⑬砅崖：指瀑布冲击山崖。砅，水击岩石之声。此作动词。

⑭剑阁：指大剑山与小剑山之间的飞阁栈道。亦兼指大小剑山。在今四川剑阁县东北。

⑮"一夫"四句：语本晋张载《剑阁铭》："一人荷戟，万夫赵趄。形胜之地，匪亲勿居。"

⑯锦城：锦官城，指代成都。今属四川。

⑰咨嗟：叹息。

[点评]

　　本篇主旨众说纷纭，迄无定论。或谓罪严武，或谓讽章仇兼琼,或谓忧玄宗入蜀,似均求之过深。阴铿《蜀道难》有云:"蜀道难如此,功名讵可要?"以入蜀之难喻求仕之难,太白之作当由此生发。詹锳《李白诗文系年》以为与《剑阁赋》《送友人入蜀》为先后之作,有功名难求之意,良是,可从。全篇感情激越,节奏强烈,笔法纵横,文词飞动,真乃神来之笔。沈德潜以为"想落天外,局自变生。大江无风,波浪自涌。白云从空,随风变灭。此殆天授,非人可及"(《唐诗别裁集》),洵非虚誉也。

行路难①(三首)

一

金樽清酒斗十千②,玉盘珍羞直万钱③。停杯投箸不能食,拔剑四顾心茫然④。欲渡黄河冰塞川,将登太行雪满山⑤。闲来垂钓碧溪上⑥,忽复乘舟梦日边⑦。行路难,行路难,多岐路⑧,今安在?长风破浪会有时,直挂云帆济沧海⑨。

二

大道如青天,我独不得出。羞逐长安社中儿,赤鸡白狗赌梨栗⑩。弹剑作歌奏苦声⑪，曳裾王门不称情⑫。淮阴市井笑韩信⑬，汉朝公卿忌贾生⑭。君不见昔时燕家重郭隗⑮，拥篲折节无嫌猜⑯。剧辛乐毅感恩分，输肝剖胆效英才⑰。昭王白骨萦蔓草，谁人更扫黄金台⑱！行路难，归去来。

三

有耳莫洗颍川水⑲，有口莫食首阳蕨⑳。含光混世贵无名，何用孤高比云月。吾观自古贤达人，功成不退皆殒身。子胥既弃吴江上㉑，屈原终投湘水滨㉒。陆机雄才岂自保㉓，李斯税驾苦不早㉔。华亭鹤唳讵可闻，上蔡苍鹰何足道㉕！君不见吴中张翰称达生，秋风忽忆江东行。且乐生前一杯酒，何须身后千载名㉖！

[注释]

①行路难：乐府杂曲歌旧题。《乐府诗集》七十引《乐府解题》曰："《行路难》备言世路艰难及离别悲伤之意。"

②清酒斗十千：曹植《名都篇》："归来宴平乐，美酒斗十千。"

③"玉盘"句：北齐韩轨之子晋明，封东莱王，"好酒诞纵，招引宾客，一席之费，动至万钱，犹恨俭率。朝廷处之贵要之地，必以疾辞。告人云：'废人饮美酒，对名胜，安能作刀笔

吏返披故纸乎?"(《北齐书·韩轨传》)珍羞,珍贵的食品。

④"停杯"二句:鲍照《拟行路难》:"对案不能食,拔剑击柱长叹息。"

⑤"欲渡"二句:鲍照《舞鹤赋》:"冰塞长河,雪满群山。"太行,太行山。

⑥垂钓碧溪:用吕尚(姜太公)故事。吕尚未遇文王时,曾垂钓于渭水支流磻溪。见《水经注·渭水》。

⑦乘舟梦日边:沈约《宋书·符瑞上》:"伊挚将应汤命,梦乘船过日月之旁,汤乃东至于洛,观帝尧之坛。"

⑧多岐路:《列子·说符》:"杨子曰:'嘻!亡一羊,何追者之众?'邻人曰:'多岐路。'"岐路,即歧路,岔道。

⑨"长风"二句:《宋书·宗悫传》:"悫年少时,(叔父)炳问其志,悫曰:'愿乘长风破万里浪。'"

⑩"羞逐"二句:谓羞与小人为伍。社,祭土神之所,如社宫、社庙。社中儿,在社庙博戏的小儿。赤鸡白狗,当是小儿博戏的一种赌具,如黑卢白雉。呼卢喝雉一赌至百万,而小儿之赌赤鸡白狗但以梨栗。

⑪弹剑作歌:战国孟尝君门客冯驩(一作谖)曾弹铗(剑)而歌曰:"长铗归来乎,食无鱼!"以引起主人注意。事见《史记·孟尝君列传》。

⑫曳裾王门:《汉书·邹阳传》载,邹阳《上吴王书》:"饰固陋之心,则何王之门不可曳长裾乎?"后以"曳裾王门"喻于显贵之家充食客。

⑬"淮阴"句:用淮阴侯韩信受胯下之辱事。见《史记·淮阴侯列传》。

⑭"汉朝"句:《史记·屈原贾生列传》载,汉天子议以贾谊任

公卿之位,绛侯周勃、颍阴侯灌婴等公卿忌而非之,于是疏之,出为长沙王太傅。

⑮燕家重郭隗:指燕昭王为郭隗改筑宫而拜为师之事。见《史记·燕召公世家》。

⑯拥篲折节:《史记·孟子荀卿列传》:"(驺衍)如燕,昭王拥篲先驱,请列弟子之座而受业。"拥篲,持扫帚清道。

⑰"剧辛"二句:谓燕昭王礼贤下士,乐毅自魏往,剧辛自赵往,皆为之竭诚尽力,输肝剖胆。事见《史记·燕召公世家》。

⑱"昭王"二句:谓燕昭王死后,再无人扫黄金台招纳贤才了。不胜今古之慨。黄金台,相传系燕昭王为招贤而筑,故址在今河北易县。

⑲"有耳"句:事出许由洗耳,反其意而咏之。《高士传》载,古高士许由隐于沛泽,尧让天下,不受而遁耕于颍水之阳;尧又召为九州长,由不欲闻之,乃洗耳于颍水之滨。

⑳"有口"句:事用伯夷、叔齐,亦反用其意。伯夷、叔齐,商孤竹君之两子,义不食周粟,隐于首阳山,采薇而食。见《史记·伯夷列传》。首阳,首阳山,在今山西永济。蕨,即薇。

㉑"子胥"句:典出《史记·伍子胥列传》:伍子胥为吴国功臣,不知引退,被谗赐死。吴王取其尸,盛于鸱夷(皮囊)之中,沉于吴江。吴江,即吴淞,太湖最大支流。

㉒"屈原"句:屈原遭谗被放逐,终自沉于汨罗江。见《史记·屈原贾生列传》。湘水滨,指汨罗江。

㉓"陆机"句:用陆机故事。晋陆机,吴县华亭人,入洛,文章冠世,后事成都王颖,任后将军、河北大都督,讨长沙王乂,战败,被谗,为颖所杀。临刑叹曰:"华亭鹤唳,岂可复闻乎?"

见《晋书·陆机传》。

㉔"李斯"句：《史记·李斯列传》载，李斯为上蔡布衣，秦始皇时官至丞相，自言"物极则衰，吾未知所税驾"。秦二世时，被腰斩于咸阳，临刑谓其中子曰："吾欲与若复牵黄犬，俱出上蔡东门逐狡兔，岂可得乎？"税驾，解驾，即休息。

㉕上蔡苍鹰：清王琦注云："《太平御览》：《史记》曰：'李斯临刑，思牵黄犬，臂苍鹰，出上蔡东门，不可得矣。'考今本《史记·李斯传》中，无'臂苍鹰'字，而太白诗中屡用其事，当另有所本。"

㉖"君不见"四句：用张翰事。晋张翰，字季鹰，吴郡人，为齐王冏大司马东曹掾，因见秋风起，思吴中菰菜、莼羹、鲈鱼脍，曰："人生贵得适志，何能羁宦数千里以要名爵乎？"遂命驾东归。或谓之曰："卿乃可纵适一时，独不为身后名邪？"答曰："使我有身后名，不如即时一杯酒。"时人贵其旷达。见《晋书·张翰传》。

[点评]

本题三首，似非一时一地之所作，虽备言世路艰难，然或未失其壮志，或叹无人援引，或思功成身退，正反映其不同时期之不同情绪。三首均仿鲍照之《拟行路难》，句式音调亦似鲍，得鲍之俊逸。杜甫谓"俊逸鲍参军"（《春日忆李白》），可谓知音。

襄阳歌①

　　落日欲没岘山西②，倒著接䍦花下迷③。襄阳小儿齐拍手，拦街争唱白铜鞮④。傍人借问笑何事，笑杀山公醉似泥⑤。鸬鹚杓，鹦鹉杯⑥，百年三万六千日，一日须倾三百杯⑦。遥看汉水鸭头绿⑧，恰似葡萄初酦醅⑨。此江若变作春酒，垒麹便筑糟丘台⑩。千金骏马换小妾⑪，笑坐雕鞍歌落梅⑫。车旁侧挂一壶酒⑬，凤笙龙管行相催⑭。咸阳市中叹黄犬⑮，何如月下倾金罍⑯！君不见晋朝羊公一片石，龟头剥落生莓苔。泪亦不能为之堕，心亦不能为之哀⑰。清风朗月不用一钱买，玉山自倒非人推⑱。舒州杓，力士铛⑲，李白与尔同死生。襄王云雨今安在⑳，江水东流猿夜声。

[注释]

①襄阳：唐初为山南道行台，武德七年废行台置都督府。韩朝宗为荆州长史兼山南东道采访使时，行署在襄阳。今湖北襄樊。

②岘山：在襄阳城南九里，东临汉水，上有堕泪碑。

③接䍠：古代的一种帽。倒着接䍠，用山简醉酒高阳池事。见《晋书·山简传》。

④白铜鞮：本作《白铜蹄》，梁时歌曲名。详见《襄阳曲》注。

⑤山公：指晋征南将军山简。

⑥"鸬鹚"二句：王琦太白集注引《琅嬛记》："金母召群仙宴于赤水，坐有碧玉鹦鹉杯，白玉鸬鹚杓。杯干则杓自把，欲饮则杯自举。"此指鸟形酒具。

⑦三百杯：汉郑玄（字康成）能饮至三百余杯。见《世说新语·文学》刘孝标注引《郑玄别传》。陈朝陈暄《与兄子秀书》："昔周伯仁渡江，唯三日醒，吾不以为少；郑康成一饮三百杯，吾不以为多。"

⑧鸭头绿：绿色。《急就篇》二"春草鸡翘凫翁濯"，唐颜师古注："皆谓染彩而色似之，若今染家言鸭头绿、翠毛碧云。"

⑨"恰似"句：谓汉水似葡萄酒之绿。醭醅，发酵成酒而未漉者。

⑩糟丘台：言酒糟堆积如山如台。王充《论衡·语增》："纣为长夜之饮，糟丘、酒池，沉湎于酒，不舍昼夜，是必以病。"

⑪"千金"句：《独异志》卷中："后魏曹彰性倜傥，偶逢骏马，爱之，其主所惜也。彰曰：'予有美妾，可换，惟君所选。'马主因指一妓，彰遂换之。"

⑫落梅：指乐府横吹曲《梅花落》。

⑬"车旁"句：由属车载酒生发出来，意谓借酒解忧。《艺文类聚》七十二引《东方朔别传》：武帝幸甘泉，长平坂道中有虫。东方朔曰，此谓"壮气"，出秦狱地。上问何以知之，答曰："夫积忧者，得酒而解。"乃取虫置酒中，立消。后属车上

盛酒，为此也。又扬雄《酒赋》云："托于属车，出入两宫。"

⑭凤笙龙管：犹言仙乐。笙、管，管乐器，其声如凤鸣龙吟。多指仙人所奏。

⑮"咸阳"句：用李斯故事。李斯临刑，顾谓其中子曰："吾欲与若复牵黄犬，俱出上蔡东门逐狡兔，岂可得乎？"见《史记·李斯列传》。

⑯金罍：酒器。《诗经·周南·卷耳》："我姑酌彼金罍。"

⑰"君不见"四句：写岘山堕泪碑。羊祜镇襄阳，有政绩，百姓于其岘山游憩处建庙立碑，岁时飨祭。望其碑者莫不流涕，杜预称之为堕泪碑。见《晋书·羊祜传》。一片石，指碑。龟头，指负碑的赑屃。此下两宋本、缪本多二句："谁能忧彼身后事，金凫银鸭葬死灰。"

⑱玉山自倒：形容醉态。《世说新语·容止》："嵇叔夜之为人也，岩岩如孤松之独立；其醉也，傀俄如玉山之将崩。"

⑲"舒州"二句：写酒器。舒州，今安徽潜山。唐代产酒器，为贡品。力士铛，瓷制温酒器。《新唐书·韦坚传》载，贡品，有"豫章力士瓷饮器、茗铛、釜"。

⑳襄王云雨：楚襄王梦巫山神女事。

[点评]

本篇系游襄阳咏怀之作，有功名之心而出以达人之语，故虽有颓唐之趣，而读之使人为之气旺。或者干谒韩荆州朝宗，无所成事，因舒其郁积之气，然壮志犹存，故读来慷慨激昂。方东树谓"笔如天半游龙，断非学力所能到"（《昭昧詹言》十二），信然。

将进酒^①

君不见黄河之水天上来，奔流到海不复回！君不见高堂明镜悲白发，朝如青丝暮成雪！人生得意须尽欢，莫使金樽空对月。天生我才必有用^②，千金散尽还复来。烹羊宰牛且为乐^③，会须一饮三百杯^④。岑夫子^⑤，丹丘生^⑥，将进酒，杯莫停^⑦。与君歌一曲，请君为我倾耳听。钟鼓馔玉不足贵^⑧，但愿长醉不用醒。古来圣贤皆寂寞，惟有饮者留其名。陈王昔时宴平乐，斗酒十千恣欢谑^⑨。主人何为言少钱？径须沽取对君酌^⑩。五花马^⑪，千金裘^⑫，呼儿将出换美酒，与尔同销万古愁。

[注释]

①将进酒：乐府铙歌旧题。古词云："将进酒，乘大白。"因以为题。一本作《惜空樽酒》。

②"天生"句：一作"天生我身必有财"，又作"天生吾徒有俊材"。

③烹羊宰牛：曹植《箜篌引》："置酒高殿上，亲交从我游。中厨办丰膳，烹羊宰肥牛。"

④一饮三百杯：陈暄《与兄子秀书》："郑康成（玄）一饮三百杯，吾不以为多。"参阅《襄阳歌》注。

⑤岑夫子：当指岑勋。作者另有《酬岑勋见寻就元丹丘对酒相待以诗见招》诗。此岑勋未知是否即撰《西京千福寺多宝塔感应碑》碑文之岑勋。

⑥丹丘生：即元丹丘。作者好友，过从甚密。皆受玉真公主之荐，魏颢《李翰林集序》："与丹丘因持盈法师（玉真公主法号）达，白亦因之入翰林。"

⑦"将进"二句：一作"进酒君莫停"。将，请。

⑧馔玉：珍美如玉的食品。钟鼓馔玉，梁戴暠《煌煌京洛行》："挥金留客坐，馔玉待钟鸣。"一本作"钟鼎玉帛"。

⑨"陈王"二句：语本曹植《名都篇》："归来宴平乐，美酒斗十千。"陈王，太和六年曹植受封陈王。平乐，平乐观，在洛阳西门外，汉明帝时所造。

⑩沽取：买。取，语助词。一作"沽酒"。

⑪五花马：毛色斑驳的马。或说马鬣剪成五瓣者。此代指名马。

⑫千金裘：珍贵的皮裘。《史记·孟尝君列传》："此时孟尝君有一狐白裘，直千金，天下无双。"

[点评]

起首以黄河起兴，诗亦如汤汤流水，顺势东注。河自昆仑而来，诗从胸口流出，皆自然成章。萧士赟曰："此篇虽似任达放浪，然太白素抱用世之才而不遇合，亦自慰解之词耳。"可谓知言。其所以借酒浇愁，盖怀才不遇，故托酒以自放。自放之中有自慰，自慰之中有自励。以其志未尝消沉也。安旗谓:"惟有一入长安以后,二入长安以前一段时期,往往旋发牢骚,放又自慰解。《梁园吟》如此,《梁甫吟》亦然,《将进酒》尤为典型……其所以如此,前人仅以诗法释之,实亦际遇使然,时代使然。"(《李白全集编年注释》)颇有见地。

长门怨①(二首)

一

天回北斗挂西楼,金屋无人萤火流②。月光欲到长门殿,别作深宫一段愁。

二

桂殿长愁不记春③,黄金四屋起秋尘。夜悬明镜青天上,独照长门宫里人④。

[注释]

①长门怨:汉乐府相和歌旧题。《乐府古题要解》谓陈皇后失宠,退居长门宫,司马相如为作《长门赋》,后人因其赋为《长门怨》。长门,汉宫名。

②金屋:用金屋藏娇事。汉武帝为太子时,有言:"若得阿娇

作妇,当以金屋贮之。"阿娇为长公主之女。见《汉武故事》。

③桂殿:指长门宫。

④"夜悬"二句:化用司马相如《长门赋》:"悬明月以自照兮,徂清夜于洞房。"明镜,指月。太白喜以镜喻月。

[点评]

萧士赟以为"二诗皆隐括汉武陈皇后事,以比玄宗皇后",梅鼎祚则谓"此或自况耳。古宫怨诗大都自况"(《李诗钞》)。自况之说是也。太白之在翰林,每有以色事人之感,及其被谗见疏,以陈皇后之退居长门自况,自是情理中事,非迳讽"玄宗皇后"也。

玉壶吟①

烈士击玉壶,壮心惜暮年②。三杯拂剑舞秋月,忽然高咏涕泗涟③。凤凰初下紫泥诏④,谒帝称觞登御筵⑤。揄扬九重万乘主⑥,谑浪赤墀青琐贤⑦。朝天数换飞龙马⑧,敕赐珊瑚白玉鞭⑨。世人不识东方朔,大隐金门是谪仙⑩。西施宜笑复宜颦,丑女效之徒累身⑪。君王虽爱蛾眉好⑫,无奈宫中妒杀人⑬。

[注释]

①玉壶：玉制的壶，用以比喻高洁。鲍照《代白头吟》："直如朱丝绳，清如玉壶冰。"

②"烈士"二句：典出《世说新语·豪爽》："王处仲每酒后辄咏：'老骥伏枥，志在千里。烈士暮年，壮心不已。'以如意击唾壶，壶口尽缺。"按，王处仲所咏为曹操《龟虽寿》诗句。

③"三杯"二句：一本作："三杯拂剑舞，秋月忽高悬。"

④"凤凰"句：写奉诏入京事。化用凤诏典。《初学记》三十引陆翙《邺中记》曰："石季龙皇后在观，上有诏书，五色纸，著凤口中。凤既衔诏，侍人放百丈绯绳，辘轳回转，凤皇飞下。凤以木作之，五色漆画，咮脚皆用金。"紫泥诏，古时皇帝诏书用紫泥加封，称紫泥诏，或简称紫泥。

⑤谒帝：觐见皇帝。称觞：举杯祝酒。谢朓《三日侍华光殿曲水代人应诏》诗："降席连綏，称觞接武。"

⑥九重：宋玉《九辩》："君之门以九重。"万乘：《孟子·梁惠王上》"万乘之国"，注："万乘，谓天子也。"万乘主，指唐玄宗。

⑦"谑浪"句：意谓戏谑朝臣。似东方朔之傲公卿而无所为屈。谑浪，戏谑不敬。《诗经·邶风·终风》："谑浪笑傲。"赤墀青琐，天子殿堂之台阶与宫门。《汉书·元后传》："曲阳侯根骄奢僭上，赤墀青琐。"

⑧飞龙马：皇帝御厩飞龙厩中的骏马。唐制，翰林学士依例可借用飞龙马。王琦《李太白全集》注引《锦绣万花谷》："学士新入院，飞龙厩赐马一匹，银闹鞍装辔。"

⑨珊瑚白玉鞭：以珊瑚白玉为饰的名贵马鞭。《晋书·吕纂

载记》载,即序胡安据盗发张骏墓,得水陆珍奇不可胜纪,其中有珊瑚鞭、玛瑙钟等。

⑩"世人"二句:以汉东方朔自拟。《史记·滑稽列传》:"朔行殿中,郎谓之曰:'人皆以先生为狂。'朔曰:'如朔等,所谓避世于朝廷间者也。古之人,乃避世于深山中。'时坐席中,酒酣,据地歌曰:'陆沉于俗,避世金马门。宫殿中可以避世全身,何必深山之中,蒿庐之下。'金马门者,宦者署门也。门旁有铜马,故谓之曰'金马门'。"谪仙,太白自指。初入长安,贺知章呼之为"谪仙人"。

⑪"西施"二句:《庄子·天运》:"西施病心而颦其里,其里之丑人见而美之,归亦捧心而颦其里。"宜笑复宜颦,语本梁简文帝《鸳鸯赋》:"亦有佳丽自如神,宜羞宜笑复宜颦。"

⑫蛾眉:美女代称。《诗经·卫风·硕人》:"螓首蛾眉。"

⑬宫中:指宫中嫔妃。喻谗毁蛾眉的小人。

[点评]

本篇写入朝被妒遭谗事,实事实情,自辩自解。具以东方朔自拟,虽有得意之词,却难掩失意之心,可悲也夫!或说在朝时作,或说去朝后作,各有依凭,难下断语。所谓"大隐金门",实非在朝之据,而乃辩解之词,细味诗意,定去朝后作庶几近之。

松柏本孤直

（古风其十二）

　　松柏本孤直，难为桃李颜①。昭昭严子陵，垂钓沧波间。身将客星隐，心与浮云闲。长揖万乘君，还归富春山②。清风洒六合③，邈然不可攀。使我长叹息，冥栖岩石间④。

[注释]

①"松柏"二句：意谓性耿介，不媚俗。《荀子》："桃李倩粲于一时，时至而杀；至于松柏，经隆冬而不凋，蒙霜雪而不变，可谓得其性矣。"

②"昭昭"六句：用严光事。《后汉书·严光传》载，严光字子陵，会稽余姚人，少与光武帝刘秀同学。光武称帝，思其贤，引见道故，因共偃卧，光足加帝腹，太史谓"客星犯御座"。终不出仕，退隐富春山，其垂钓处为严陵濑。客星，指严光。浮云，《论语·述而》："不义而富且贵，于我如浮云。"万乘，指帝王。富春山，在今浙江桐庐之西。山有严子陵钓台。

③清风：喻高人节操。六合：天地四方称六合，指寰宇。

④冥栖：隐居。

本篇颂严子陵之风操，以寓引退之意，当有感于时遇而发者。作于去朝或行将去朝，亦"心与浮云闲"，轻视富贵，不复恋栈矣。然结尾二句"使我长叹息，冥栖岩石间"，却见出其非子陵，依然太白也。太白之退隐，非主动，乃被动也，以其见疏，故思引退，"叹息"二字正露出此中消息。

燕昭延郭隗①

（古风其十五）

燕昭延郭隗，遂筑黄金台②。剧辛方赵至③，邹衍复齐来④。奈何青云士⑤，弃我如尘埃！珠玉买歌笑，糟糠养贤才。方知黄鹤举，千里独徘徊⑥。

[注释]

①郭隗：战国燕人。燕昭王欲报齐仇，思得贤士，郭隗进言自隗始。昭王于是为他筑宫并师之。嗣后，乐毅自魏往，邹衍自齐往，剧辛自赵往，士争趋燕。见《史记·燕召公世家》。

②黄金台：又称金台，或曰燕台，故址在今河北易县东南。相传燕昭王置千金于台上，以延天下士，故名。

③剧辛：战国赵人，在燕任职，率军攻赵时为赵将所杀。

④邹衍:战国齐临淄人,为阴阳家,主五德终始说。燕昭王延请至碣石宫,拜为师。见《史记·孟子荀卿列传》。

⑤青云士:立德立言的高尚之人。《史记·伯夷列传》:"闾巷之人,欲砥行立名者,非附青云之士,恶能施于后世哉?"

⑥"方知"二句:有去君远行之意。《韩诗外传》:"田饶事鲁哀公而不见察,谓哀公曰:'臣将去君,黄鹄举矣。'"黄鹄形类鹤,故鹄鹤或混用,如武昌黄鹄矶之黄鹤楼,此亦然。

[点评]

燕昭王之礼贤,乃至拥篲前驱,故士人争趋之,是以千载之下,传为美谈。当太白失意之时,自不能不思前代明君而发浩叹。然"珠玉买歌笑,糟糠养贤才"者,远多于礼贤下士,几无代无之。故太白之慨叹,历来不乏共鸣。

君平既弃世①
(古风其十三)

君平既弃世,世亦弃君平②。观变穷太易③,探元化群生④。寂寞缀道论,空帘闭幽情。驺虞不虚来⑤,鸑鷟有时鸣⑥。安知天汉上,白日悬高名⑦。海客去已久,谁人测沉冥⑧?

①君平:严遵,字君平,汉蜀郡人,卜筮于成都,闭肆下帘读《老子》,著书十万余言。见《汉书·王吉传序》。

②"君平"二句:语本鲍照《咏史》诗:"君平独寂寞,身世两相弃。"《文选》李善注:"身弃世而不仕,世弃身而不任。"在太白之意当是:世既弃君平,君平亦弃世。

③太易:古代指原始混沌状态。《列子·天瑞》:"有太易,有太初,有太始,有太素。太易者,未见之气也;太初者,气之始也;太始者,形之始也;太素者,质之始也。"

④探元:即探玄,探究玄奥之旨。指严遵依据老庄之旨著书。群生,众生,万民。

⑤驺虞:古又称"驺吾",兽名。《诗经·召南·驺虞》毛传:"驺虞,义兽,白虎黑文,不食生物,有至信之德则应之。"

⑥鸑鷟:凤凰别名。《国语·周语》:"周之兴也,鸑鷟鸣于岐山。"

⑦"安知"二句:典出张华《博物志》:相传有海滨居人,乘浮槎至天河,见牛郎织女。后至蜀郡访严君平,问其事,答曰:"某年月日,有客星犯牵牛宿。"计其时,正此人到天河月日。

⑧沉冥:即湛冥。意指晦迹不仕。《汉书·王吉传序》:"蜀严湛冥,不作苟见,不治苟得,久幽而不改其操,虽随、和何以加诸?"注引孟康曰:"蜀郡严君平湛深玄默无欲也。"师古曰:"湛,读曰沉。"

［点评］

　　此诗托君平以见志,言其为世所弃,故亦弃世;然实非真弃世，犹冀见知于世也。唐汝询谓"孰能测其沉冥者，盖太白自叹其不为人知也"（《唐诗解》），可谓知言。读太白诗，切不可止于字面，自须于言外求其意，庶几得之。

古朗月行①

小时不识月，呼作白玉盘。又疑瑶台镜②，飞在青云端。仙人垂两足，桂树何团团③。白兔捣药成④，问言与谁餐？蟾蜍蚀圆影⑤，大明夜已残⑥。羿昔落九乌，天人清且安⑦。阴精此沦惑⑧，去去不足观。忧来其如何，悽怆摧心肝⑨。

[注释]

①古朗月行：旧题作《朗月行》，乐府杂曲歌。鲍照有《代朗月行》，写月照佳人，辞旨有别。

②瑶台：神话传说昆仑山有瑶台十二，为神仙所居之处。

③"仙人"二句：《初学记》一引虞喜《安天论》："俗传月中仙人桂树，今视其初生，见仙人之足渐已成形，桂树后生。"

④白兔捣药：《艺文类聚》一引傅咸《拟天问》："月中何有，白兔捣药，兴福降祉。"

⑤"蟾蜍"句：《淮南子·说林训》："月照天下，蚀于詹诸。"高诱注："詹诸，月中蛤蟆，食月，故曰蚀于詹诸。"詹诸，即蟾

蜍。圆影,又作圆景,指月亮。曹植《赠徐干》诗:"圆景光未满,众星粲以繁。"

⑥大明:指日月,此指月。《艺文类聚》一引《文子》:"百星之明,不如一月之光。"

⑦"羿昔"二句:用神话羿射九日故事。相传尧时十日并出,禾焦,民无所食,因命羿射九日,日中九乌皆死。见《淮南子·本经训》。

⑧阴精:指月。《艺文类聚》一引张衡《灵宪》:"月者阴精之宗,积而成兽,象蟾兔。"沦惑:沉迷。

⑨摧心肝:伤心。王粲《七哀诗》:"喟然伤心肝。"

[点评]

　　篇中言"蟾蜍蚀圆影,大明夜已残","阴精此沦惑,去去不足观",亦浮云蔽日之意,谓奸佞当道,因思远引高蹈。

庄周梦蝴蝶①

(古风其九)

　　庄周梦蝴蝶,蝴蝶为庄周②。一体更变易,万事良悠悠。乃知蓬莱水,复作清浅流③。青门种瓜人,旧日东陵侯④。富贵故如此,营营何所求⑤?

[注释]

①庄周:战国宋蒙人,曾为漆园吏。著书十余万言。《史记》
有传。

②"庄周"二句:典出《庄子·齐物论》:"昔者庄周梦为蝴蝶,
栩栩然蝴蝶也。自喻适志与,不知周也。俄然觉,则蘧蘧然
周也。不知周之梦为蝴蝶与?蝴蝶之梦为周与?周与蝴蝶,
则必有分矣。此之谓物化。"

③"乃知"二句:意即沧海桑田。本《神仙传》所载麻姑仙语:
"接待以来,已见东海三为桑田。向到蓬莱,水又浅于往者
会时略半也,岂将复为陵陆乎?"

④"青门"二句:用召平(邵平)故事。《史记·萧相国世家》:
"召平者,故秦东陵侯。秦破,为布衣,贫,种瓜于长安城东,
瓜美,故世俗谓之'东陵瓜',从召平以为名也。"青门,长安
城东南门。本名霸城门,俗因门色青,呼为青门。东陵瓜亦
称"青门瓜"。

⑤营营:周旋貌。

[点评]

　　本篇言世态无常,变易不定,故不必营营于富贵。语似
旷达,意带牢愁。倘以为太白真达生者,便是皮相。王夫之
谓此篇"意言之间,藏万里于尺幅"(《唐诗评选》),庶几得其
旨趣。

梦游天姥吟留别①

　　海客谈瀛洲②，烟涛微茫信难求。越人语天姥，云霞明灭或可睹。天姥连天向天横，势拔五岳掩赤城③。天台四万八千丈④，对此欲倒东南倾。我欲因之梦吴越，一夜飞度镜湖月⑤。湖月照我影，送我至剡溪⑥。谢公宿处今尚在⑦，渌水荡漾清猿啼。脚著谢公屐⑧，身登青云梯⑨。半壁见海日，空中闻天鸡⑩。千岩万转路不定，迷花倚石忽已暝。熊咆龙吟殷岩泉，栗深林兮惊层巅。云青青兮欲雨，水澹澹兮生烟。列缺霹雳⑪，丘峦崩摧。洞天石扇，訇然中开。青冥浩荡不见底，日月照耀金银台⑫。霓为衣兮风为马⑬，云之君兮纷纷而来下⑭。虎鼓瑟兮鸾回车⑮，仙之人兮列如麻⑯。忽魂悸以魄动，恍惊起而长嗟。惟觉时之枕席，失向来之烟霞。世间行乐亦如此，古来万事东流水。别君去兮何时还，且放白鹿青崖间，须行即骑访名山⑰。安能摧眉折腰事权贵⑱，使我不得开心颜！

[注释]

①天姥:天姥山,道书谓第十六福地。在江南道越州剡县,今属浙江新昌。

②瀛洲:神话中海上仙山。与蓬莱、方丈被称为三大仙岛。

③五岳:指泰山、华山、嵩山、衡山、恒山。赤城:赤城山。为火烧岩构成,色赤,有雉堞形,故名。在今浙江天台,位于天台山之南。

④天台:即天台山。在今浙江天台。仙霞岭山脉东支。陶弘景《真诰》谓山高一万八千丈,周八百里。四万八千丈:此为夸张之辞,极言其高。

⑤镜湖:又作鉴湖,在今浙江绍兴。东汉永和五年太守马臻筑塘蓄水,堤长三百一十里,水平如镜,故名。

⑥剡溪:曹娥江上游,晋王子道访戴安道之所经,故亦名戴溪。源出天台,流经新昌、上虞,流入杭州湾。

⑦谢公:指谢灵运。南朝宋诗人。其《登临海峤初发强中作与从弟惠连可见羊何共和之》诗:"暝投剡中宿,明登天姥岑。高高入云霓,还期那可寻。"

⑧谢公屐:谢灵运登山专用的木屐。《宋书·谢灵运传》:"登蹑常着木屐,上山则去前齿,下山则去其后齿。"

⑨"身登"句:形容山岭高峻。谢灵运《登石门最高顶》诗:"惜无同怀客,共登青云梯。"

⑩天鸡:旧题任昉《述异记》下:"东南有桃都山,上有大树,名曰桃都,枝相去三千里;上有天鸡,日初出照此木,天鸡则鸣,天下鸡皆随之鸣。"

⑪列缺:闪电。司马相如《大人赋》:"贯列缺之倒景兮。"《史

记集解》引《汉书音义》："列缺，天闪也。"

⑫金银台：指神仙所居的宫阙。郭璞《游仙诗》："神仙排云出，但见金银台。"

⑬"霓为衣"句：语本晋傅玄《吴楚歌》："云为车兮风为马。"

⑭云之君：云中神仙。或指云中居，即云神丰隆。屈原《九歌》有《云中君》篇。

⑮虎鼓瑟：张衡《西京赋》："白虎鼓瑟，苍龙吹篪。"

⑯"仙之人"句：上元夫人《步玄之曲》："忽过紫微垣，真人列如麻。"见《汉武内传》。

⑰"且放"二句：谓将骑白鹿成游仙。《楚辞·九章·哀时命》："浮云雾而入冥兮，骑白鹿而容舆。"

⑱折腰：晋陶潜辞彭泽令，曰："吾不能为五斗米折腰向乡里小人。"见《晋书·陶潜传》。

[点评]

　　题一作《留别东鲁诸公》，又作《梦游天姥山别东鲁诸公》，诗写将南游吴越，梦中游天姥山，以种种梦境喻其奉诏入京荣辱进退之遭际，寄托无限感慨。陈沆《诗比兴笺》曰："太白被放以后，回首蓬莱宫殿，有若梦游，故托天姥以寄意。"其说切中题旨。天姥者，亦犹其后传奇沈既济之"枕中"、李公佐之"南柯"也，皆托梦以寄人生感慨。

燕臣昔恸哭^①

（古风其三十七）

　　燕臣昔恸哭，五月飞秋霜。庶女号苍天，震风击齐堂^②。精诚有所感，造化为悲伤。而我竟何辜？远身金殿旁^③。浮云蔽紫闼，白日难回光^④。群沙秽明珠，众草凌孤芳^⑤。古来共叹息，流泪空沾裳。

[注释]

①燕臣：指邹衍。王充《论衡·感虚》："邹衍无罪，见拘于燕。当夏五月，仰天而叹，天为陨霜。"

②"庶女"二句：相传齐有寡妇，无子不嫁，事姑谨敬。姑有女贪母财，杀其母以诬寡妇，妇不能自明，冤结叫天，天行雷电，击陨景公之台，毁折景公之肢，海水大溢。见《淮南子·览冥训》"庶女叫天，雷电下击"：高诱注。齐堂，应作齐台，以押韵故，改台为堂。

③金殿旁：指翰林院。翰林院在大明宫近麟德殿，在兴庆宫近南薰殿。

④"浮云"二句：汉孔融《临终诗》："谗邪害公正，浮云翳白日。""紫闼"，指帝王宫廷。曹植《求通亲亲表》"情结紫

闳",《文选》注:"紫闳,天子所居也。"

⑤"群沙"二句:谓君子为小人所欺。群沙、众草,喻小人;明珠、孤芳,喻君子。

[点评]

本篇为雪谗诗,明其为群小所诬乃去朝还山。首用燕臣之恸、庶女之号二典故,可知其蒙不白之冤,亦足以感动上苍。"浮云蔽紫闳,白日难回光",其愤激之情甚于《登金陵凤凰台》之"总为浮云能蔽日,长安不见使人愁"。

劳劳亭歌①

金陵劳劳送客堂,蔓草离离生道旁②。古情不尽东流水,此地悲风愁白杨③。我乘素舸同康乐④,郎咏清川飞夜霜;昔闻牛渚吟五章,今来何谢袁家郎⑤。苦竹寒声动秋月⑥,独宿空帘归梦长。

[注释]

①劳劳亭:题下原注:"在江宁县南十五里,古送别之所,一名临沧观。"故址在今江苏南京西南长江之滨。

②蔓草离离:杂草茂盛。蔓草,蔓生的杂草。《诗经·郑风·野有蔓草》:"野有蔓草,零露汻兮。"离离,繁茂貌。

③悲风愁白杨:《古诗十九首》:"白杨多悲风,萧萧愁杀人。"

④"我乘"句:谢灵运《东阳溪中赠答诗》:"可怜谁家郎,缘流乘素舸。"康乐,谢灵运袭封康乐公。

⑤"朗咏"三句:用袁宏(小字虎)牛渚吟诗遇谢尚事。《世说新语·文学》:"袁虎少贫,尝为人佣载运租。谢镇西经船行,其夜清风朗月,闻江渚间估客船上有咏诗声,甚有情致。所诵五言,又其所未尝闻,叹美不能已。即遣委曲讯问,乃是袁自咏其所作《咏史》诗。因此相要,大相赏得。"牛渚,牛渚矶,今安徽马鞍山采石。袁家郎,指袁宏。

⑥苦竹:竹的一种,味苦不中食。苦竹寒声,指秋风吹动苦竹的声响。意寄于"苦"字。

[点评]

本篇写因送客而动归思,叹徒事漫游而未遇赏音。笔墨落处,不在送别,而在自抒怀抱。与《夜泊牛渚怀古》题旨近似,感叹怀才不遇。

战城南①

去年战,桑乾源②;今年战,葱河道③。洗兵条支海上波④,放马天山雪中草⑤。万里长征战,三军尽衰老。匈奴以杀戮为耕作,古来惟见白骨黄沙田⑥。秦家筑城备胡处⑦,汉家还有烽火燃。烽火燃不息,征战无已时。野战格斗死,败马号鸣向天悲⑧。乌鸢啄人肠,衔飞上挂枯树枝⑨。士卒涂草莽,将军空尔为。乃知兵者是凶器,圣人不得已而用之⑩。

[注释]

①战城南:乐府鼓吹铙歌旧题,古辞有"战城南,死郭北"语,因取为题。

②桑乾:即桑乾河。源出山西马邑之北洪涛山下,东南流入卢沟河。

③葱河:指葱岭二河。葱岭北河,即喀什噶尔河,源于葱岭中北道;葱岭南河,即叶尔羌河,源于葱岭中南道。在今帕米尔高原,唐属安西都护府。

④洗兵:洗净兵器,谓休战。条支:又作"条枝",汉西域国名,在安息以西,位于幼发拉底河与底格里斯河之间,临西海。条支海,指西海,即波斯湾。

⑤天山:指今新疆哈密之天山,又称白山或折罗漫山。

⑥"匈奴"二句:语本汉王褒《四子讲德论》:"夫匈奴者,百蛮之最强者也。天性骄蹇,习俗杰暴,贱老贵壮,气力相高。业在攻伐,事在猎射……其耒耜则弓矢鞍马,播种则扣弦掌拊,收秋则奔狐驰兔,获刈则颠倒殪仆。追之则奔遁,释之则为寇。"

⑦秦家筑城:指秦朝修筑长城。秦统一六国,以战国诸侯原有长城为基础,修筑万里长城,以防匈奴南下。贾谊《过秦

论》:"乃使蒙恬北筑长城而守藩篱,却匈奴七百余里。胡人
不敢南下而牧马,士不敢弯弓而报怨。"

⑧"野战"二句:化用乐府《战城南》古辞:"枭骑战斗死,驽马
徘徊鸣。"

⑨"乌鸢"二句:化用乐府同题古辞:"野战不葬乌可食。为
我谓乌;且为客豪,野死谅不葬,腐肉安能去子逃!"

⑩"乃知"二句:语本《六韬·兵略》:"圣人号兵为凶器,不得
已而用之。"意出《老子》:"兵者不祥之器,非君子之器,不得
已而用之。"

[点评]

本篇用乐府《战城南》旧题,题旨亦近古辞,而广其意,
表现出非战思想,盖借古讽今,刺玄宗之黩武。

丑女来效颦①

(古风其三十五)

丑女来效颦,还家惊四邻。寿陵失本步,笑杀
邯郸人②。一曲斐然子③,雕虫丧天真④。棘刺造沐
猴,三年费精神⑤。功成无所用,楚楚且华身。大
雅思文王,颂声久崩沦⑥。安得郢中质,一挥成风
斤⑦!

[注释]

①丑女:西施同村人。西施病心而颦,丑女见而美之,固效其颦,益增其丑。典出《庄子·天运》。后人指丑女为东施。有东施效颦之说。

②"寿陵"二句:典出《庄子·秋水》:"寿陵馀子学行于邯郸,未得国能,又失其故行矣,直匍匐而归耳。"寿陵,古地名,战国燕邑。邯郸,赵国都城,今属河北。有学步桥以志其事。

③斐然:文盛貌。《汉书·礼乐志》:九歌毕奏斐然殊,鸣琴竽瑟会轩朱。

④雕虫:喻雕饰太甚。语本扬雄《法言》:"或问:'吾子少而好赋?'曰:'然,童子雕虫篆刻。'俄而曰:'壮夫不为也。'"

⑤"棘刺"二句:《韩非子·外储说左上》:战国宋有人请为燕王于棘刺尖端造母猴,燕王悦之,养以五乘之奉。后知其虚妄,乃杀之。三年,宋人谓刺端母猴,"必三月斋然后能观之"。此曰"三年",极言费时之久。

⑥"大雅"二句:汉班固《两都赋》:"昔成康没而颂声寝,王泽竭而诗不作。"诗意本此。

⑦"安得"二句:典出《庄子·徐无鬼》:"郢人垩慢其鼻端,若蝇翼,使匠石斫之。匠石运斤成风,听而斫之,尽垩而鼻不伤,郢人立不失容。"意谓为父挥洒自如,有天然之趣。

[点评]

本篇亦论诗之作,大旨以雅颂为宗,否定雕琢矫饰,要在具天然真趣,即其所谓"清水出芙蓉,天然去雕饰"。

侠客行①

赵客缦胡缨，吴钩霜雪明②。银鞍照白马，飒沓如流星③。十步杀一人，千里不留行④。事了拂衣去，深藏身与名⑤。闲过信陵饮⑥，脱剑膝前横。将炙啖朱亥⑦，持觞劝侯嬴⑧。三杯吐然诺，五岳倒为轻。眼花耳热后，意气素霓生。救赵挥金槌⑨，邯郸先震惊。千秋二壮士，烜赫大梁城⑩。纵死侠骨香，不惭世上英。谁能书阁下，白首太玄经⑪！

[注释]

①侠客行：乐府杂曲旧题。
②“赵客”二句：言燕赵多游侠剑客。缦胡缨，即缦胡之缨，古时武士所佩冠带。《庄子·说剑》：“（赵）太子曰：‘然吾王所见剑士，皆蓬头突鬓，垂冠，缦胡之缨。’”吴钩，形似剑而曲的兵器。相传吴王阖闾命国中作金钩，有人杀其二子，以血涂金，铸成二钩，献给吴王。见《吴越春秋·阖闾内传》。
③“银鞍”二句：鲍照《咏史》：“宾御纷飒沓，鞍马光照地。”飒沓，飞奔貌。
④“十步”二句：语本《庄子·说剑》：“臣之剑十步一人，千里不留行。”

⑤"事了"二句：意即功成身退。是太白一生所持处世态度。

⑥信陵：指信陵君。即魏公子无忌。信陵君招纳贤士，有食客三千。曾请如姬盗晋鄙兵符，以晋鄙军击退秦军，解邯郸之围，保存赵国。见《史记·魏公子列传》。

⑦朱亥：信陵君食客。原以屠为业，有勇力，与晋鄙军交战时，以四十斤铁椎，击杀晋鄙。

⑧侯嬴：信陵君食客，原为城门守者，献计盗符以救赵。

⑨金槌：指朱亥击晋鄙之铁椎。

⑩"千秋"二句：谓朱亥与侯嬴声名长远烜赫于大梁。大梁城，魏国都城，今河南开封。

⑪"谁能"二句：用汉扬雄事。扬雄在新莽时校书于天禄阁，晚年仿《周易》草《太玄经》。见《汉书·扬雄传》。

[点评]

本篇颂侠客之豪。太白学出纵横之说，行慕游侠之义。"纵死侠骨香，不惭世上英"，正是作者青年时代所追求者。

结袜子①

燕南壮士吴门豪，筑中置铅鱼隐刀②。感君恩重许君命，太山一掷轻鸿毛③。

[注释]

①结袜子:乐府杂曲旧题,古词多颂侠义行为。

②"燕南"二句:用高渐离与专诸故事。秦灭燕,逐太子丹之客,皆亡。高渐离变易姓名,为人佣保。以善击筑闻于秦始皇,召见,使击筑,稍益近之。因置铅筑中,及得近,举筑击始皇,不中,被诛。又,吴公子光欲杀吴王僚,伏甲士于窟室中,具酒请王僚。王僚自宫至光家皆陈兵,始赴宴。酒酣,公子光伴为足疾,入室使专诸置匕首于鱼腹之中而进之,至王前,因以匕首刺王僚,立死。左右亦杀专诸。二事均见《史记·刺客列传》。

③"太山"句:司马迁《报任少卿书》:"人固有一死,或重于太山,或轻于鸿毛,用之所趋异也。"太山,即泰山。在今山东泰安。

[点评]

本篇颂侠客。作者早年感恩重义,亦俨然一游侠。其后弃文就武,北上幽燕,非偶然也。

行行且游猎篇①

边城儿,生年不读一字书,但知游猎夸轻趫②。胡马秋肥宜白草③,骑来蹑影何矜骄④。金鞭拂雪挥鸣鞘,半酣呼鹰出远郊。弓弯满月不虚发,双鸧进落连飞髇⑤。海边观者皆辟易⑥,猛气英风振沙碛。儒生不及游侠人,白首下帷复何益⑦!

[注释]

①行行且游猎篇:乐府杂曲歌旧题。晋张华有《游猎篇》,梁刘孝威有《行行且游猎篇》,皆言射猎之事。

②轻趫:动作轻捷。

③胡马秋肥:梁简文帝《陇西行》:"边秋胡马肥。"白草:《汉书·西域传》"鄯善国多白草",颜师古注:"白草,似莠而细,无芒,其干熟时正白色,牛马所嗜也。"

④蹑影:追赶日影,极言其速。兼指骏马名。崔豹《古今注·鸟兽》:"秦始皇有七名马:追风、白兔、蹑景(影)、奔电、飞翮、铜爵、晨凫。"

⑤鸧:指鸧鸹。大如鹤,青苍色。《列子·汤问》:"蒲且子之弋也,弱弓纤缴,乘风振之,连双鸧于青云之际。"进落:散落。髇:鸣髇,响箭。

⑥海边:边庭瀚海,指沙漠。辟易:惊退。

⑦白首下帷:用董仲舒事。《汉书·董仲舒传》:少治《春秋》,"下帷讲诵,弟子传以久次相受业,或莫见其面。"

[点评]

本篇赞幽燕边城儿之骄矜豪迈。太白欲弃文就武,故北上幽燕。及见边城儿之勇武,身怀绝技,"海边观者皆辟易,猛气英风振沙碛",始知白首为儒之无益。其时当是初到幽州,边塞立功之志未减也。

西上莲花山^①

（古风其十九）

西上莲花山,迢迢见明星^②。素手把芙蓉,虚步蹑太清^③。霓裳曳广带,飘拂升天行。邀我登云台,高揖卫叔卿^④。恍恍与之去,驾鸿凌紫冥。俯视洛阳川,茫茫走胡兵^⑤。流血涂野草,豺狼尽冠缨^⑥。

[注释]

①莲花山:指西岳华山。《太平御览》三九引《华山记》:"山顶有池,生千叶莲花,服之羽化,因曰华山。"按,华山西峰石表有纹如莲瓣,因称莲花峰。山名疑亦由此而来。

②迢迢:高远貌。明星:神仙名。《太平广记》五九引《集仙录》:"明星玉女者,居华山,服玉浆,白日升天。"

③太清:道教认为人天之外另有三清:玉清、太清、上清。为神仙所居仙境。《抱朴子·杂应篇》:"上升四十里,名为太清。太清之中,其气甚刚,能胜人也。"

④"邀我"二句:谓玉女引之入仙界。云台,指高空台阁。谓仙境。又,华山北峰称云台峰。卫叔卿,《神仙传》载,卫叔

卿,中山人,服云母得仙。以为汉武帝好道,因乘云车,驾白鹿,羽衣星冠,谒帝于殿上,失望而归。武帝悔恨,遣使往华山求之,见其与数人博戏于石上,有仙童侍候。

⑤"俯视"二句:写安史叛军攻陷洛阳。时在天宝十四年十二月。胡兵,指安史叛军。

⑥冠缨:戴冠簪缨,古代官吏的服饰,亦可作为官的代称。按,天宝十五年正月,安禄山僭位于洛阳称帝,大封伪官。

[点评]

本篇托游仙之辞以达避乱之意,然心系中原,不忍见安史叛军之荼毒生灵,故常在进退两难之中。所以既有"华发长折腰,将贻陶公诮"(《经乱后将避地剡中留赠崔宣城》)之句,复有"何日清中原,相期廓天步"(《赠溧阳宋少府陟》)之语,职是,可知其心中之矛盾矣。

公无渡河①

黄河西来决昆仑②,咆哮万里触龙门③。波滔天,尧咨嗟④。大禹理百川,儿啼不窥家⑤。杀湍堙洪水,九州始蚕麻。其害乃去,茫然风沙。披发之叟狂而痴,清晨径流欲奚为? 旁人不惜妻止之,公无渡河苦渡之⑥。虎可搏,河难冯⑦,公果溺死流海湄。有长鲸白齿若雪山，公乎公乎挂罥于其间[8]。箜篌所悲竟不还[9]。

[注释]

①公无渡河：又名《箜篌引》，乐府相和歌辞。

②昆仑：山名，在今新疆西藏之间，西接帕米尔高原。旧称黄河之源出昆仑之墟。见《水经注》及《山海经》。

③龙门：指龙门山。在今陕西韩城与山西河津间。《尚书·禹贡》："导河积石，至于龙门。"

④尧咨嗟：《尚书·尧典》：帝曰："咨，四岳，汤汤洪水方割，荡荡怀山襄陵，浩浩滔天。"

⑤"大禹"二句：相传大禹继其父鲧之业，治理洪水，疏导河流，"劳身焦思，居外十三年，过家门不敢入"。见《史记·夏本纪》。

⑥"披发"四句：崔豹《古今注》曰："《箜篌引》者，朝鲜津卒霍里子高妻丽玉作也。子高晨起划船，有一白首狂夫，披发提壶，乱流而渡，其妻随而止之，不及，遂堕河而死。于是援箜篌而歌曰：'公无渡河，公竟渡河；堕河而死，将奈公何！'声甚凄怆，曲终亦投河而死。"

⑦"虎可搏"二句：《诗经·小雅·小旻》："不敢暴虎，不敢冯河。"《毛传》："徒涉曰冯河。"

⑧"有长鲸"二句：谓公之尸挂于长鲸之齿。一本作："海湄有长鲸，白齿若雪山，公乎公乎挂罥于其间。"

⑨箜篌：亦作"坎侯"，古代一种弦乐器。

本篇微旨，索解为难，说者不一，各有成见。萧士赟谓诗乃"讽止不靖之人自投宪网"（《分类补注李太白诗》），陈沆谓"盖悲永王璘起兵不成诛死"（《诗比兴笺》），郭沫若谓"'披发之叟'有人以为喻永王李璘，其实是李白自喻"（《李白与杜甫》），安旗谓诗中长鲸"指安禄山"（《李白全集编年注释》）。仁者见仁，智者见智，各有所见，各有所取，读者可以自由联想。陈说得其意而失之凿，要之盖自讽其从璘事。郭以为"狂叟"为太白自指，诗作于流夜郎途中，亦自成一说，且较为可信。所谓"流海湄"，似亦长流夜郎之谓也。

箜篌谣①

攀天莫登龙，走山莫骑虎②。贵贱结交心不移，惟有严陵及光武③。周公称大圣，管蔡宁相容④！汉谣一斗粟，不与淮南春⑤。兄弟尚路人，吾心安所从！他人方寸间⑥，山海几千重！轻言托朋友，对面九疑峰⑦。多花必早落，桃李不如松。管鲍久已死⑧，何人继其踪。

[注释]

①箜篌谣：乐府杂歌旧题，内容言交情当有终始。旧说以为

与《箜篌引》异。

②"攀天"二句：意谓贱者莫与贵者结交。龙为天中之尊,虎为山中之君,均为贵者,难与亲近。

③"贵贱"二句：谓严子陵与汉光武贵贱不同,而交情不变。事见《后汉书·严光传》。

④"周公"二句：周公旦辅佐成王,摄政当国,其弟管叔、蔡叔疑之,与武庚作乱叛周。周公奉命诛武庚与管叔,放蔡叔。见《史记·周本纪》。

⑤"汉谣"二句：淮南王刘长被废,民谣歌曰："一斗粟,尚可春。兄弟二人,不能相容。"见《史记·淮南衡山列传》。

⑥方寸：指心。《列子·仲尼》："吾见子之心矣,方寸之地虚矣。"

⑦九疑峰：即九疑山,亦作九嶷山,又名苍梧山,在今湖南宁远。"疑"字双关,谓交情不以信而多猜疑。

⑧管鲍：指管仲与鲍叔。二人均战国齐人,交情甚笃。鲍叔死,管仲哭之甚哀,如丧考妣,曰："生我者父母,知我者鲍子也。士为知己者死,而况为之哀乎!"见《说苑·复恩》。

[点评]

本篇所咏,当是为永王案受朋友猜忌事。其中"汉谣"四句与太白之《上留田行》同旨,对肃宗之诛永王有所讽。骨肉尚不能相容,况朋友之互为猜疑,以此自解。终以管鲍之交为寄托、为慰藉。孔夫子所谓朋友信之,谈何容易!

江上吟①

木兰之枻沙棠舟②，玉箫金管坐两头。美酒樽中置千斛，载妓随波任去留③。仙人有待乘黄鹤④，海客无心随白鸥⑤。屈平词赋悬日月⑥，楚王台榭空山丘⑦。兴酣落笔摇五岳⑧，诗成笑傲凌沧洲⑨。功名富贵若长在，汉水亦应西北流⑩。

[注释]

①江上吟：乐府杂曲歌辞有《江上曲》，谢朓有此题。太白之《江上吟》或即由《江上曲》化出。江上，指江夏之大江边。

②"木兰"句：极言舟之华贵。木兰、沙棠，皆制舟之佳材。枻，楫也。

③随波任去留：郭璞《山海经赞》："聊以逍遥，任波去留。"

④"仙人"句：切黄鹤楼。相传费祎登仙，尝驾鹤返憩于此，遂以名楼。见唐阎伯瑾《黄鹤楼记》。

⑤"海客"句：典出《列子·黄帝篇》："海上之人有好鸥者，每旦之海上，从鸥鸟游，鸥鸟之至者百住而不止。其父曰：'吾闻鸥鸟皆从汝游，汝取来，吾玩之。'明日之海上，鸥鸟舞而不下。"

⑥"屈平"句：《史记·屈原贾生列传》谓屈原之《离骚》，"其

文约,其辞微,其志洁,其行廉,其称文小而其指极大,举类迩而见义远","推此志也,虽与日月争光可也"。

⑦楚王:指楚怀王与楚襄王。句意谓楚王放逐屈原,而其身后一切皆泯灭。

⑧五岳:指东岳泰山、西岳华山、南岳衡山、北岳恒山、中岳嵩山。

⑨沧洲:古时指隐者居处。

⑩汉水:长江支流。向东南流入长江。

[点评]

　　本篇题一作《江上游》,当是游江夏所作,时已淡泊于功名而留心于词赋,亦达者之辞,有豪情逸致。朱谏以为此诗"文不接续,意无照应"(《李诗辨疑》),殊不知太白之诗正是似不接续而自接续,似不照应而自照应,以其文气贯于其中也。此太白之所以为太白也。

友情答赠

别意与之谁短长

上李邕^①

大鹏一日同风起，扶摇直上九万里^②。假令风歇时下来，犹能簸却沧溟水。时人见我恒殊调，见余大言皆冷笑。宣父犹能畏后生^③，丈夫未可轻年少。

[注释]

①李邕：字泰和，李善之子。善书法诗文，才高德隆，有美名。开元初为渝州诸军事兼渝州刺史。开元中为陈州刺史，天宝中为北海太守，为李林甫所害。

②"大鹏"二句：典出《庄子·逍遥游》："鹏之徙于南冥也，水击三千里，抟扶摇而上者九万里。"

③宣父：指孔子。《新唐书·礼乐志》："贞观十一年，诏尊孔子为宣父。"畏后生：《论语·子罕》：子曰：后生可畏，焉知来者之不如今也？"

[点评]

本篇或疑非太白所作，然语虽浅率，而其气格自是太白，其历抵卿相平交王侯，类皆如此。

金陵酒肆留别^①

风吹柳花满店香^②,吴姬压酒唤客尝^③。金陵子弟来相送,欲行不行各尽觞。请君试问东流水^④,别意与之谁短长?

[注释]

①金陵:今江苏南京。酒肆:酒店。

②风吹:一作"白门"。

③吴姬:泛指吴地美女。此称酒家女。压酒:新酒酿成,尚未出槽,压槽取之,称压酒。

④试问:一作"问取"。

[点评]

本篇当是初游江南时作于金陵,游兴豪情溢于言表。太白常以水喻情,此以水喻别情之长,《赠汪伦》则以水喻情谊之深。

示金陵子^①

金陵城东谁家子^②,窃听琴声碧窗里。落花一片天上来,随人直渡西江水^③。楚歌吴语娇不成^④,似能未能最有情。谢公正要东山妓,携手林泉处处行^⑤。

[注释]

①金陵子:乐妓名。以其出于金陵,故称。

②金陵:今江苏南京。

③西江:指长江。以其自西蜀东来,故称西江。

④楚歌:楚地之歌。《史记·留侯世家》载,刘邦谓戚夫人:"为我楚舞,吾为若楚歌。"吴语:吴地方言。《世说新语·排调》载,刘惔见王导,出谓人曰:"未见他异,惟作吴语耳。"

⑤"谢公"二句:示意欲收金陵子。谢公,指谢安石。安石游东山(在今浙江上虞),常携妓随行。此以安石自拟。

[点评]

本篇示意金陵子,欲携以同行。太白后果收金陵子,以与家僮丹砂随其身,即所谓"小妓金陵楚歌声,家僮丹砂学凤鸣"(《出妓金陵子呈卢六四首》其四);又魏颢《李翰林集序》云:"间携昭阳、金陵之妓,迹类谢康乐,世号李东山。"其写金陵子之天真娇憨,跃然纸上。

黄鹤楼送孟浩然之广陵①

　　故人西辞黄鹤楼,烟花三月下扬州②。孤帆远影碧山尽③,唯见长江天际流。

[注释]

①黄鹤楼:故址在今湖北武昌蛇山。相传蜀费祎登仙,曾驾黄鹤憩此。或说仙人王子安曾乘黄鹤过此。故有黄鹤楼之称。旧楼屡废屡修,近建新楼于旧址之侧。孟浩然:襄州襄阳人,早年隐于鹿门山,未登仕途,曾漫游江南各地,为唐代著名诗人。广陵:今江苏扬州。古合江都、广陵二县为扬州。
②烟花:泛指春景。扬州:今属江苏。唐为淮南道治所。
③"孤帆"句:一作"孤帆远映绿山尽",又作"孤帆远影碧空尽"。

[点评]

　　本篇为太白青年时期于江夏送别孟浩然所作,情深意远,脍炙人口。登高目送,舟逝江流,景中含情,有余不尽,为历来诗家所取法。今人亦移植于影视,效果极佳。陆游《入蜀记》五:"八月二十八日访黄鹤楼故址,太白登此楼送孟浩然诗云：'征帆远映碧山尽，唯见长江天际流。'盖帆樯映远山尤可观，非江行久不能知也。"于黄鹤楼东望行舟实景，乃帆樯为远山所映蔽，非帆影尽于碧空也。然读太白诗，切不可泥于实，其为虚景，往往更有余味。

安陆白兆山桃花岩寄刘侍御绾^①

云卧三十年，好闲复爱仙。蓬壶虽冥绝，鸾凤心悠然。归来桃花岩，得憩云窗眠^②。对岭人共语，饮潭猿相连^③。时升翠微上，邈若罗浮巅^④。两岑抱东壑，一嶂横西天。树杂日易隐，崖倾月难圆。芳草换野色，飞萝摇春烟。入远搆石室，选幽开山田。独此林下意，杳无区中缘^⑤。永辞霜台客^⑥，千载方来旋。

[注释]

①白兆山：在今湖北安陆之西三十里。山上有桃花岩，山下旧有太白读书堂。刘侍御绾：名载《御史台精舍碑》，事迹未详。

②"云卧"六句：一本作"幼采紫房谈，早爱沧溟仙。心迹颇相误，世事空徂迁。归来丹岩曲，得憩青霞眠"。蓬壶，蓬莱

仙山。晋王嘉《拾遗记》:"三壶则海中三山也。一曰方壶,则方丈也;二曰蓬壶,则蓬莱也;三曰瀛壶,则瀛洲也:形如壶器。"冥绝:极远。云窗:道流隐者居处。

③猿相连:《尔雅翼》:猿好攀援,其饮水辄自高崖或大木上累累相接下饮,饮毕复相收而上。

④罗浮:罗浮山,在今广东,为粤中名山。道教列为第七洞天。

⑤区中缘:即尘缘。谢灵运《登江中孤屿》:"想象昆山姿,缅邈区中缘。"

⑥霜台:指御史台。又称霜署。御史职司弹劾,为风霜之任,故冠以"霜"字。霜台客,指御史台官员,即指刘绾侍御。

[点评]

　　题一作《春归桃花岩贻许侍御》,当是首入长安失意归来隐居白兆山时所作,以林下生活自慰。另本所谓"心迹颇相误,世事空徂迁。归来丹岩曲,得憩青霞眠",可证其失意归来。

送友人①

　　青山横北郭,白水绕东城②。此地一为别,孤蓬万里征③。浮云游子意④,落日故人情⑤。挥手自兹去,萧萧班马鸣⑥。

①友人:未详所指。

②"青山"二句:写送别之地。疑是南阳。青山,当指南阳城北之独山,即太白诗"昔在南阳城,唯餐独山蕨"(《忆崔郎中宗之游南阳遗吾孔子琴,抚之潸然感旧》)之独山。白水,当即南阳城东之白水,即今之白河。太白南阳之诗多称"白水",如《游南阳白水登石激作》"朝涉白水源",《忆崔郎中宗之游南阳》"白水弄秋月",皆是。

③孤蓬:孤单的飞蓬。喻只身漂泊行止无定的游子。

④"浮云"句:意本曹丕《杂诗》:"西北有浮云,亭亭如车盖。惜哉时不遇,适与飘风会。"

⑤"落日"句:谓故人一往情深。陈后主叔宝《自君之出矣六首》其四:"思君如落日,无有暂还时。"

⑥萧萧:马鸣声。《诗经·小雅·车攻》:"萧萧马鸣。"班马:载人离去之马。《左传·襄公十八年》"有班马之声",注:"班,别也。"

[点评]

　　写送别友人,即景即情,意味俱深。以浮云落日为景兼为情,虽有所本,却不露痕迹,全诗自然流走,真如脱手弹丸也。

送友人入蜀^①

见说蚕丛路^②,崎岖不易行。山从人面起,云傍马头生。芳树笼秦栈^③,春流绕蜀城^④。升沉应已定,不必问君平^⑤。

[注释]

①友人:太白《剑阁赋》题下注云:"送友人王炎入蜀。"此友人或即王炎。作者另有《自溧水道哭王炎三首》,诗云:"故人万化尽,闭骨茅山冈"(其一),"哭向茅山虽未摧,一生泪尽丹阳道"(其二)。知王炎葬于茅山,或是太白道友。

②蚕丛:古蜀国之君。《华阳国志》三:"有蜀侯蚕丛,其目纵,始称王。"详见《蜀道难》注。蚕丛路:指蜀道。

③秦栈:自秦入蜀之栈道。栈,凿石架木为路,称栈道。

④春流:指郫江与流江。双流绕过蜀都。蜀城:蜀国都城,指成都。

⑤君平:严遵字君平,汉蜀郡人,隐居不仕,卜筮于成都。见《汉书·王贡两龚鲍传序》。

[点评]

本篇与《剑阁铭》《蜀道难》疑是一时之作,或为初入长安,进身无门,感世路之艰难,因送友人王炎入蜀,故以蜀道之难为喻，发一时之感慨。全诗律对切当，情景逼真，为五律之上品，尤以颔联为警策。方回《瀛奎律髓》谓："太白此诗，虽陈、杜、沈、宋不能加。"非虚誉溢美也。

赠孟浩然^①

吾爱孟夫子，风流天下闻。红颜弃轩冕^②，白首卧松云。醉月频中圣^③，迷花不事君。高山安可仰^④，徒此揖清芬^⑤。

[注释]

①孟浩然：襄阳人，曾游京师，应进士举不第，归隐于鹿门山。开元末病疽背卒。

②轩冕：古代卿大夫之车乘与冠冕。弃轩冕，指放弃仕宦。采访使韩朝宗曾约浩然偕至京师，欲荐诸朝，会欢饮，爽期，或告之，曰："业已饮，遑恤他！"失去仕进机会而不悔。事见《新唐书》本传。

③中圣：指醉酒。典出《三国志·魏书·徐邈传》：曹操禁酒，时人讳言酒，谓清酒为圣人，浊酒为贤人。尚书郎徐邈私饮至醉，校事赵达问以曹事，邈曰："中圣人。"

④"高山"句：语本《诗经·小雅·车辖》："高山仰止，景行行止。"意谓浩然望如高山，可仰不可及。

⑤徒此：两宋本、缪本作"从此"。清芬：比喻德行高洁。晋

陆机《文赋》："咏世德之骏烈,诵先人之清芬。"

[点评]

　　本篇赞孟浩然之风流节操,犹如山中高士。时太白正四处干谒,求太阿之一试,因自愧弗如,故有"高山安可仰,徒此揖清芬"之语。殊不知浩然亦有"羡鱼"之念。(孟作《临洞庭上张丞相》:"坐观垂钓者,徒有羡鱼情。")盛唐之世,真隐士亦无真隐心,是无为而无不为也。前人谓此诗"赠孟即似孟"(《唐诗快》),端的有孟之风韵,然其豪雄处,实孟所不逮。

江夏别宋之悌①

　　楚水清若空②,遥将碧海通③。人分千里外,兴在一杯中④。谷鸟吟晴日,江猿啸晚风。平生不下泪,于此泣无穷。

[注释]

①江夏:今湖北武昌。宋之悌:宋若思之父,宋之问之弟。以河东节度坐事流朱鸢。途经江夏,与太白相遇。

②楚水:长江流经楚地,称楚水或楚江。

③将:与。

④"人分"二句:初唐庾抱《别蔡参军》:"悲生万里外,恨起一

杯中。"又,高适《送李侍御赴安西》:"功名万里外,心事一杯中。"有异曲同工之妙。

[点评]

本篇为江夏送宋之悌贬朱鸢(今越南河内东南)之作,语似不胜悲凄,然却未见消沉。豪放人虽悲亦豪,不作儿女之态。

送贺宾客归越①

镜湖流水漾清波②,狂客归舟逸兴多③。山阴道士如相见,应写黄庭换白鹅④。

[注释]

①贺宾客:指贺知章。知章字季真,会稽永兴(今浙江萧山)人,官太子宾客,秘书监,故亦称贺监。天宝二年十二月,请度为道士还乡,次年春离开长安。

②镜湖:即鉴湖。在今浙江绍兴。贺知章请还乡,"诏赐镜湖剡川一曲"。见《新唐书·贺知章传》。

③狂客:指贺知章。知章晚年尤加纵诞,无复规检,自号"四明狂客"。见《旧唐书·贺知章传》。

④"山阴"二句:典出王羲之。《太平御览》二三八引何法盛《晋中兴书》:"山阴有道士养群鹅,羲之意甚悦。道士云:

'为写《黄庭经》,当举群鹅相赠。'乃为写讫,笼鹅而去。"按,《晋书·王羲之传》谓写《道德经》换白鹅。贺知章善草隶,又归山阴,故以王羲之为喻,以赞其书法。山阴,即会稽。黄庭,指《黄庭经》,道教讲养生修炼之书。

[点评]

本篇唐写本题作《阴盘驿送贺监归越》。阴盘,汉县名,原在长武,东汉末移置新丰故城,在临潼之东。由此可知,贺监之归越,玄宗遣左右相祖饯于长乐坡,玄宗及群臣均赋诗赠别。太白之《送贺监归四明应制》即作于长乐坡。之后,太白复送贺东行,过灞桥。唐人远送多止于此,而太白直送至临潼之东阴盘驿,并赋此诀别。其与贺监之关系,实非同一般。故贺监之归越,太白于长安无所依倚矣,安得不"赐金放还"。

白云歌送刘十六归山①

楚山秦山皆白云②,白云处处长随君。长随君,君入楚山里,云亦随君渡湘水③。湘水上,女萝衣④,白云堪卧君早归。

[注释]

①刘十六:刘姓,排行十六,名字事迹未详。

②楚山:楚地之山,即三湘之山,刘十六所归之处。秦山:秦
地之山,此指长安。

③湘水:泛指今湖南之水。

④女萝衣:以女萝为衣。屈原《九歌·山鬼》:"若有人兮山
之阿,被薜荔兮带女萝。"意指刘十六将归隐山林。

[点评]

太白集中另有《白云歌送友人》,诗云:"楚山秦山多白
云,白云处处长随君。君今还入楚山里,云亦随君渡湘水。
水上女萝衣白云,早卧早行君早起。"语句诗意与本篇雷同,
当是一诗两本。萧士赟谓另本"尾语差拙,恐是初本未经改
定者",不无道理。诗为送友人自长安归三湘之作,吐语如
白云舒卷,自然流转。结束改仄韵为平韵,尤显得轻快悠扬。

金乡送韦八之西京①

客自长安来,还归长安去。狂风吹我心,西挂
咸阳树②。此情不可道,此别何时遇? 望望不见
君,连山起烟雾③。

[注释]

①金乡:唐属兖州,今属山东。韦八:韦姓,排行第八,事迹不
详。西京:指长安,今陕西西安。

②咸阳：此指长安。

③"连山"句：鲍照《吴兴黄浦亭庚中郎别》："连山眇烟雾,长
波迥难依。"

[点评]

本篇为居东鲁时于金乡送长安来客韦八西归之作。因
送友人入京,而托渴望仕宦之情。其所谓瞻望不及者,友情
与宦情兼而有之也。

鲁郡东石门送杜二甫①

醉别复几日,登临遍池台。何时石门路,重有
金樽开？秋波落泗水②,海色明徂徕③。飞蓬各自
远,且尽手中杯。

[注释]

①鲁郡：即兖州,天宝元年改鲁郡,郡治瑕丘。石门：在鲁郡
之东,尧祠附近,即今泗河金口坝。与《水经注》说法合。
《水经注·洙水》："洙水又西南,枝津出焉。又南迳瑕丘城
东而南,入石门。古结石为水门,跨于水上也。"杜二甫：杜
甫排行第二,故称。

②泗水：即泗河。四源合为一水,故名。流经山东曲阜、兖
州、鱼台,至洪泽湖畔入淮。《元和郡县图志》兖州瑕丘县：

"泗水,东自曲阜县界流入,与洙水合。"《水经注》所谓洙水,即此之泗水。

③徂徕:《元和郡县图志》兖州乾封县:"徂徕山,亦曰尤来山,《诗》曰:'徂徕之松。'后汉赤眉渠帅樊崇保守此山,自号尤来山老。"山在今山东泰安东南。

[点评]

杜甫至兖州省亲,时太白亦居东鲁,两人相处甚洽。天宝四年秋,杜甫返洛阳。太白于城东石门为之饯行,并作此赠别诗,情真意切,正所谓"无限低徊,有说不尽处,可谓情深于辞"(《唐宋诗醇》)。

沙丘城下寄杜甫[①]

我来竟何事,高卧沙丘城。城边有古树,日夕连秋声。鲁酒不可醉,齐歌空复情[②]。思君若汶水[③],浩荡寄南征。

[注释]

①沙丘城:指鲁郡治所瑕丘。清《兖州府志》:"沙丘在东门外二里。"故址在今山东兖州之东。杜甫:时杜甫在长安,故作诗以寄。

②"鲁酒"二句:谓虽有鲁酒齐歌,均不足以慰离怀。鲁酒,

鲁国所产薄酒。庾信《哀江南赋》："楚歌非取乐之方,鲁酒
无忘忧之用。"齐歌,齐讴。梁元帝《纂要》："齐歌曰讴。"齐
地之歌。乐府杂曲歌有《齐讴行》。

③汶水:汶河,经泰山、徂徕、兖州,向西南流入济水。《元和
郡县图志》兖州乾封县:"汶水,源出县东北原山……《述征
记》曰:'泰山郡水皆名汶。'按,今县界凡有五汶,皆源别而
流同也。"

[点评]

　　李杜互赠诗,今所存者,以杜之赠诗为多,而李之赠诗为
少,且有"饭颗山头"一绝流传,世以为讥杜之作,故于二人
情谊误以为轻重深浅有别。视《鲁郡东石门送杜二甫》及本
篇,可知白之于甫,情谊实与之相当,无浅深轻重之别。结语
"思君若汶水,浩荡寄南征",情见乎辞。

酬崔侍御①

　　严陵不从万乘游,归卧空山钓碧流②。自是客
星辞帝坐③,元非太白醉扬州④。

[注释]

①崔侍御:即崔成甫,曾摄监察御史,以事贬湘阴。

②"严陵"二句:用汉严子陵事。严子陵与光武帝同游学,及

光武即帝位,乃变易姓名,隐于富春山,垂钓于富春江。见《后汉书·严光传》。

③客星:指严子陵。严子陵与光武帝共卧,足加于帝腹。太史奏:客星犯御座甚急。见《后汉书·严光传》。此借以自指。辞帝坐,谓去朝还山,即崔之答诗所谓"君辞明主汉江滨"。

④扬州:此指金陵。三国孙吴置扬州于建业,及隋平陈,始移扬州于江北江都。见《元和郡县图志》江南道润州上元县。此句答崔诗"金陵捉得酒仙人"。

[点评]

崔侍御游金陵时,有诗赠太白,题曰《赠李十二白》,诗云:"我是潇湘放逐臣,君辞明主汉江滨。天外常求太白老,金陵捉得酒仙人。"太白作此酬答,诗以严子陵归隐自喻,实乃满腹牢愁,以旷达语出之,强自宽慰,益见其郁结情怀。

答湖州迦叶司马问白是何人①

青莲居士谪仙人②,酒肆藏名三十春。湖州司马何须问,金粟如来是后身。③

[注释]

①湖州:唐属江南道,治所在乌程县,今江苏吴兴。湖州司

友情答赠·别意与之谁短长

○

111

马,名字事迹未详。迦叶:复姓。

②青莲居士:李白自号。取佛经青莲之义。亦因答"迦叶",关合佛弟子,故特拈出"青莲",别有情趣。谪仙人:太白入长安,贺知章称之为"谪仙人"。太白《对酒忆贺监二首》诗序云:"太子宾客贺公:于长安紫极宫一见余,呼余为谪仙人。"

③金粟如来:佛名,即维摩诘大士。

[点评]

本篇信口答迦叶司马,以复姓迦叶与佛门弟子相关,因以青莲居士自号,复以金粟如来后身自命,谐而有趣。严沧浪谓:"因问人为迦叶,故作此答,不则诞妄矣。"(严羽评点李集)须知此正太白才捷而趣谐处。

闻王昌龄左迁龙标遥有此寄①

杨花落尽子规啼,闻道龙标过五溪②。我寄愁心与明月,随风直到夜郎西③。

[注释]

①王昌龄:字少伯,京兆长安人,曾任江宁丞,约天宝六年贬龙标尉。龙标:在今湖南黔阳西南。

②五溪:指雄溪、蒲溪、酉溪、沅溪、辰溪。在今湖南境。

③夜郎:唐县名,治所在今湖南新晃境。

[点评]

殷璠谓王昌龄"奈何晚节不矜细行,谤议沸腾,垂历遐荒,使知音者叹惜"(《河岳英灵集》)。所谓"垂历遐荒",即指"左迁龙标"事,太白亦为之叹惜,因作此诗寄慰,情意悱恻。牵肠挂肚之意,借风月以写之,摇曳多姿,耐人寻味。

寄王屋山人孟大融①

我昔东海上,劳山餐紫霞②。亲见安期公,食枣大如瓜③。中年谒汉主,不惬还归家④。朱颜谢清晖,白发见生涯。所期就金液,飞步登云车⑤。愿随夫子天坛上⑥,闲与仙人扫落花。

[注释]

①王屋山:古为道教圣地,在天坛山之下,其侧有阳台宫,玄宗赐额"寥阳宫",为司马承祯修道处。在今河南济源。孟大融:当是居王屋山之道流,号王屋山人。余未详。
②劳山:又作崂山,一作牢山,大小二山相连,上有王母池,为道教圣地。在今山东青岛。餐紫霞:指采吸自然界云气。《真诰》二:"夫餐霞之经甚秘,致霞之道甚易,此谓体生玉光

霞映上清之法也。"

③"亲见"二句:《史记·孝武本纪》载,方士李少君言于武帝,曰:"臣尝游海上,见安期生,食巨枣,大如瓜。"

④"中年"二句:言天宝初奉诏入翰林旋复还山事。

⑤"所期"二句:有登仙意。金液,一种内服仙丹,服之可以成仙飞举。《抱朴子·金丹》谓"金液"制法为:"用古秤黄金一斤,并玄明、龙膏骨、太一旬首中石水、紫游女、玄水液、金化石、丹砂,封之成水。"云车,传说仙人以云为车。《博物志》八:汉武帝好道,求神仙,"七月七日夜漏七刻,王母乘紫云车而至于殿西南面"。

⑥天坛:天坛山。在王屋山之侧,古王屋山含天坛山,天坛为王屋之绝顶。相传为轩辕祈天之所,故名。在今河南济源。

[点评]

　　王屋山为司马承祯、玉真公主修道之所,故太白心向往之。王屋山人孟大融似是太白道友,约游天坛,太白因寄此诗,答云:"愿随夫子天坛上,闲与仙人扫落花。"诗如郭璞《游仙诗》,表现出道教思想。

赠临洺县令皓弟①

陶令去彭泽,茫然太古心②。大音自成曲,但奏无弦琴③。钓水路非遥,连鳌意何深。终期龙伯国，与尔相招寻④。

[注释]

①临洺：唐洺州属县，今河北永年。皓：李皓，事迹未详。
②"陶令"二句：原注："时被讼停官。"此以陶潜之辞彭泽令，
喻李皓之停官。彭泽，今属江西。太古，上古。《礼记·郊特
牲》注："唐虞以上曰太古也。"
③"大音"二句：陶潜辞彭泽令，高卧北窗之下。性不解音，
而蓄素琴一张，弦微不具，每朋酒之会，则抚而和之，曰："但
识琴中趣，何劳弦上声！"见《晋书·陶潜传》。大音，极细微
的声音，此谓无声。《老子》："大器晚成。大音希声。"
④"钓水"四句：以钓鳌喻赴幽州求官，并相约偕行。《列
子·汤问》载："龙伯国有大人，举足数步而至五山，一钓连
六鳌。"按，太白常以"钓鳌"为喻，因有"钓鳌客"之说。宋赵
德麟《侯鲭录》六："李白开元中谒宰相，封一板，上题曰：'海
上钓鳌客李白。'"

[点评]

诗之前半慰李皓之被讼停官，劝其学陶潜之抚无弦琴，
聊以自适；后半则自言北上"钓鳌"，赴幽州求官，倘能如龙
伯国之大人，"一钓连六鳌"，届时当相招出仕。太白执着于
事功，热心于仕途，或求人援引，或许人提携，然终无所成就，
故知其但能做诗人不能为权臣也。

宣州谢朓楼饯别校书叔云①

弃我去者昨日之日不可留,乱我心者今日之日多烦忧。长风万里送秋雁,对此可以酣高楼。蓬莱文章建安骨②,中间小谢又清发③。俱怀逸兴壮思飞,欲上青天揽明月。抽刀断水水更流,举杯消愁愁更愁。人生在世不称意,明朝散发弄扁舟④。

[注释]

①宣州:今安徽宣城。谢朓楼:又称北楼。更名叠嶂楼。即谢朓为宣城太守时之高斋。故址在今安徽宣城陵阳山。校书:校书郎。叔云:李云。太白尊为长辈。或以为当如另题《陪侍御叔华登楼歌》,作李华。华字遐叔,天宝十一年官监察御史,转侍御史。

②蓬莱文章:指东汉东观所藏经籍。《后汉书·窦章传》:"是时学者称东观为老氏藏室,道家蓬莱山。"此谓汉代文章。建安骨:谓建安诗歌风骨。建安,东汉末献帝年号。

③小谢:指谢朓。南齐著名诗人,诗风清新,为李白所倾倒。唐人称谢灵运为大谢,谢朓为小谢。

④弄扁舟:用范蠡泛舟五湖事。见《史记·货殖列传》。

诗写于宣州高楼酣饮,以忧语发端,如大海波涛,裂石拍岸;中怀谢朓,引发诗情,勾起逸兴,如仙风飘举,直上层霄,摘星揽月;终复归于愁,酒之不可浇愁,犹刀之不可断流,因以退隐作结。思绪起伏,变幻莫测,正表现其出处的矛盾心情。

寄崔侍御①

宛溪霜夜听猿愁②,去国长如不系舟③。独怜一雁飞南海④,却羡双溪解北流⑤。高人屡解陈蕃榻⑥,过客难登谢朓楼⑦。此处别离同落叶,明朝分散敬亭秋⑧。

[注释]

①崔侍御:指崔成甫。崔沔之子,进士出身。天宝初由陕县尉擢摄监察御史。后以韦坚案受累贬湘阴。太白曾与结交同游,并赠诗多首。
②宛溪:在宣城东。汇入青弋江。
③去国:指离开长安。不系舟:喻漂泊不定。《庄子·列御寇》:"泛若不系之舟,虚而遨游者也。"

④一雁飞南海:喻崔成甫之返湘阴。

⑤双溪:指宛溪与句溪。北流:双溪均北流。此以溪之北流反衬二人未能重返长安的失意心情。

⑥"高人"句:典出《后汉书·徐穉传》:"(太守陈)蕃在郡不接宾客,惟穉来特设一榻,去则悬之。"谓宣城宇文太守以崔成甫为上宾。

⑦"过客"句:写自己的失落感。太白另有《宣州九日闻崔四侍御与宇文太守游敬亭余时登响山不同此赏醉后寄崔侍御二首》,其一有云:"咫尺不可亲,弃我如遗舄。"谢脁楼,即北楼。

⑧敬亭:敬亭山。在宣城西北。

[点评]

本篇寄赠崔成甫,当是送崔离宣城赴湘阴贬所。诗中表现的感情十分复杂,充满失落感。太白之作七律,多失粘,此诗亦然,然其音响节奏不减杜律,盖得力于歌行体之内节奏也。

赠汪伦①

李白乘舟将欲行,忽闻岸上踏歌声②。桃花潭水深千尺③,不及汪伦送我情。

[注释]

①汪伦：宋本题下注云："白游泾县桃花潭，村人汪伦常酝美酒以待白。伦之裔孙至今宝其诗。"

②踏歌：连手踏足而歌。《旧唐书·睿宗纪》："上元日夜，上皇御安福门观灯，出内人连袂踏歌。"

③桃花潭：在今安徽泾县西南水东翟村。

[点评]

题一作《桃花潭别汪伦》，是为赠别之作，信手拈来，情景真切，遂成千古绝唱。以水喻情，倘在江流，则喻其长；此别在澄潭，故喻其深。妙在即景取兴。谢榛《四溟诗话》云："太白《赠汪伦》曰：'桃花潭水深千尺，不及汪伦送我情。'此兴也。"正得其妙处。

赠张相镐①

本家陇西人，先为汉边将②。功略盖天地，名飞青云上。苦战竟不侯，当年颇惆怅③。世传崆峒勇④，气激金风壮。英烈遗厥孙，百代神犹王⑤。十五观奇书，作赋凌相如⑥。龙颜惠殊宠，麟阁凭天居⑦。晚途未云已，蹭蹬遭谗毁。想象晋末时，崩腾胡尘起⑧。衣冠陷锋镝,戎虏盈朝市。石勒窥神州,刘聪劫天子⑨。抚剑夜吟啸,雄心日千里。誓欲斩鲸鲵,澄清洛阳水⑩。六合洒霖雨,万物无凋枯。我挥一杯水⑪,自笑何区区!因人耻成事⑫,贵欲决良图。灭虏不言功,飘然陟方壶⑬。惟有安期舄,留之沧海隅⑭。

[注释]

①张相镐:宰相张镐。博州人,玄宗奔蜀,徒步扈从。肃宗即位,遣赴行在,拜谏议大夫,寻迁中书侍郎、同中书门下平章事,为河南节度使,持节都统淮南等道诸军事。见《旧唐书》本传。

②"本家"二句:自谓汉陇西飞将军李广之后。陇西,指陇西成纪,今甘肃成县。李阳冰《草堂集序》:"李白字太白,陇西成纪人,凉武昭王暠九世孙。"汉边将,指李广。太白尊之为先祖。

③"苦战"二句:谓李广屡立战功,然白首未曾封侯,即所谓"李广难封"。事见《史记·李将军列传》。不侯,不曾封侯。

④崆峒:山名,在今甘肃平凉之西。又作空桐,《尔雅·释地》:"大蒙之人信,空桐之人武。"故谓"崆峒勇"。

⑤"英烈"二句:谓承乃祖之遗风。神犹王,精神振作。王,读如"旺"。

⑥相如:指汉代辞赋家司马相如。

⑦"龙颜"二句:写待诏翰林事。龙颜,指唐玄宗恩宠。麟

阁,汉麒麟阁,在未央宫中,此代指翰林院。

⑧"想象"二句:谓安史之乱如晋末五胡之乱。晋永嘉五年,刘曜等寇洛川,晋帝蒙尘于平阳。见《晋书·孝怀帝纪》。

⑨"石勒"二句:谓石勒、刘聪等颠覆晋室。石勒,羯人,十六国时后赵开国君主。刘聪,十六国汉主刘渊之子,继位后改汉为前赵。曾虏晋怀帝,故云"劫天子"。见《晋书·孝怀帝纪》。

⑩"誓欲"二句:有平乱收复东京之志。鲸鲵,喻安史。洛阳,安史据洛阳为伪都。

⑪一杯水:自谦力微。《孟子·告子上》:"今之为仁者,犹以一杯水救一车薪之火也。"

⑫"因人"句:《史记·平原君虞卿列传》载毛遂语:"公等碌碌,所谓因人成事者也。"

⑬"灭虏"二句:谓功成身退。方壶,又作方丈,传说中海上仙山。

⑭"惟有"二句:拟安期生留舄仙去。《艺文类聚》七八引《列仙传》云:"安期生,琅耶阜乡人,卖药海边,时人皆言千岁公。秦始皇请见,与语三日三夜,赐金璧数万,出于阜乡亭,皆置去,留书,以赤玉舄一量为报,曰:'复千岁,来求我于蓬莱山下。'"

[点评]

　　本题二首,此录其二。题下原注:"时逃难病在宿松山作。"即其一所云:"卧病宿松山,苍茫空四邻。"丹阳之败,仓卒南奔,避地宿松,其时尚未系寻阳狱。据其一"昔为管将鲍,中奔吴隔秦"推断,太白与张镐当曾有交情,故直言乞为援引。此篇题一作《书怀重寄张相公》，可知第一首寄出后，未见招纳，故有"重寄"之作。此重寄之作自叙家世，自申壮志，并以功成身退为期，亦自荐之诗。诗云："誓欲斩鲸鲵，澄清洛阳水。"无论从李璘，抑或求张镐，太白均持此志。

赠从弟南平太守之遥①

少年不得意，落魄无安居。愿随任公子，欲钓吞舟鱼②。常时饮酒逐风景，壮心遂与功名疏。兰生谷底人不锄，云在高山空卷舒。汉家天子驰驷马，赤车蜀道迎相如③。天门九重谒圣人，龙颜一解四海春。彤庭左右呼万岁④，拜贺明主收沉沦。翰林秉笔回英盼，麟阁峥嵘谁可见⑤！承恩初入银台门，著书独在金銮殿⑥。龙驹雕镫白玉鞍，象床绮席黄金盘。当时笑我微贱者，却来请谒为交欢。一朝谢病游江海，畴昔相知几人在！前门长揖后门关，今日结交明日改。爱君山岳心不移，随君云雾迷所为。梦得池塘生春草，使我长价登楼诗⑦。别后遥传临海作，可见羊何共和之⑧。

①南平太守之遥：李之遥，白之故交，由南平守以饮酒故，贬谪武陵，白因有此赠。宋本、缪本题下注云："时因饮酒过度贬武陵，后诗故赠。"南平，即渝州，先名巴郡，天宝初更名南平。今重庆。

②"愿随"二句：典书《庄子·外物》：任公子为大钩，蹲于会稽，投竿东海，期年而后钓得大鱼。吞舟鱼，形容大鱼。《庄子·庚桑楚》："吞舟之鱼，砀而失水，则蚁能苦之。"

③"汉家"二句：以司马相如自拟，谓玄宗召至京师。驷马，司马相如初入长安，过成都升仙桥，题柱曰："不乘高车驷马，不过此桥。"见晋常璩《华阳国志》。此化用题柱事。

④彤庭：汉皇宫以朱色漆中庭，称彤庭。班固《两都赋》："玄墀扣砌，玉阶彤庭。"后泛指皇宫。

⑤"翰林"二句：自谓在翰林院撰文有功。翰林，翰林院。大明宫与兴庆宫均设翰林院。麟阁，麒麟阁。汉宣帝图绘功臣之所。

⑥"承恩"二句：李阳冰《草堂集序》谓太白入京，"置于金銮殿，出入翰林中，问以国政，潜草诏诰，人无知者。"银台门，在大明宫内，翰林院之侧。金銮殿，在大明宫内，其侧为金銮坡。

⑦"梦得"二句：《南史·谢灵运传》载，谢灵运梦其从弟惠连，得"池塘生春草"句，自谓"此语有神助"，写入《登池上楼》诗。此化用其事，以喻之遥助太白诗思。

⑧"别后"二句：语本谢灵运《登临海峤初发强中作与从弟惠连可见羊何共和之》诗。临海，今浙江天台。羊何，指泰山

羊璿之、东海何长瑜,与灵运、惠连有笔墨之交。

[点评]

　　本题二首,此录其一。李之遥由南平守贬武陵,以饮酒故,其二即为此而发,即题注所谓"后诗故赠"。诗云:"东平与南平,今古两步兵。素心爱美酒,不是顾专城。谪官桃源去,寻花几处行。秦人如旧识,出户笑相迎。"为慰之遥而作。本篇首自叙经历,重在奉诏入京一段生活;中写离京后朋友交情之疏,慨世态之炎凉;后转入末题,有感于兄弟之情笃。此乃自慰之作。陆游谓"以布衣得一翰林供奉,此何足道? 遂云'当时笑我微贱者,却来请谒为交欢',宜其终身坎壈也"(《老学庵笔记》)。殊不知太白每以待诏翰林自荣自夸,究其心态,实乃自怨自慰也。

巴陵赠贾舍人①

　　贾生西望忆京华,湘浦南迁莫怨嗟②。圣主恩深汉文帝,怜君不遣到长沙③。

[注释]

①巴陵:即岳州,今湖南岳阳。贾舍人:名至,曾任中书舍人,出为汝州刺史。安史之乱,弃州出奔,贬岳州司马。

②"贾生"二句:以汉贾谊之贬长沙喻贾至之贬岳州。湘浦:

指今湖南。

③"圣主"二句：谓肃宗之恩深于汉文帝，故未贬至长沙。意谓岳州比贾谊贬所为近。

[点评]

　　贾至之贬岳州，有诗云："极浦三春草，高楼万里心。楚山暗霭碧，湘水暮流深。忽与朝中旧，同为泽畔吟。停杯试北望，还欲泪沾襟。"题曰《南州有赠》（一作《岳阳楼宴王员外贬长沙》）。太白此诗似就其诗意而作，赠以慰之。贾诗袒露，白诗含蓄。"圣主"二句，尤极深婉之至。即所谓"温柔敦厚"者也。

与诸公送陈郎将归衡阳^①

　　衡山苍苍入紫冥，下看南极老人星^②。回飙吹散五峰雪，往往飞花落洞庭^③。气清岳秀有如此，郎将一家拖金紫^④。门前食客乱浮云，世人皆比孟尝君^⑤。江上送行无白璧，临歧惆怅若为分^⑥。

[注释]

①陈郎将：名字事迹不详，据诗意知其家居衡阳，且为士宦之家。郎将：五品军官。衡阳：唐属衡州，今属湖南。

②"衡山"二句：极言衡山之高。衡山，南岳。隋开皇九年定衡山为南岳，此前南岳为潜山。紫冥，犹紫虚，即天空。南极老人星：南极星，又称老人星。《史记·天官书》："狼比地有大星，曰南极老人。"

③"回飙"二句：写衡山俯视洞庭。五峰，衡山七十二峰，大者五峰，即祝融峰、紫盖峰、云密峰、石廪峰、天柱峰。以祝融峰为最高。

④金紫：谓金鱼袋与紫绶。指高级官员。

⑤"门前"二句：谓陈郎将家豪放好客似孟尝君。孟尝君，战国齐公子田文。其门下有食客数千。

⑥"江上"二句：写江夏江边送别之惆怅。江上，长江边。即另题所说南浦。白璧，典出《左传·僖公二十四年》："春王正月，秦伯纳之（指晋公子重耳），不书，不告入也。及河，子犯以璧授公子曰：'臣负羁绁，从君巡于天下，臣之罪甚多矣。臣犹知之，而况君乎？请由此亡。'公子曰：'所不与舅氏同心者，有如白水！'投其璧于河。"以舅氏临河授璧，公子投璧于河，为临别信誓。若为：怎能。若为分：谓难分难舍。

[点评]

　　本篇题下有《序》云："仲尼旅人，文王明夷，苟非其时，圣贤低眉。况仆之不肖者，而迁逐枯槁，固非其宜！朝心不开，暮发尽白，而登高送远，使人增愁。陈郎将义风凛然，英思逸发。来下曹城之榻，去邀才子之诗。动情兴于中流，泛素波而径去。诸公仰望不及，连章祖之。序惭起予，辄冠名贤之首。作者嗤我，乃为抚掌之资乎！"咸本题无"与诸公"三字，注云："一作'春于南浦与诸公'。"《文苑英华》录其序,题作《春于南浦与诸公送陈郎将归衡岳序》。故知送别之地为武昌城南之南浦。诗写衡山之钟灵毓秀,先状衡岳之高峻,后述陈郎将一家之豪贵。善于转折,极尽形容,音调铿锵,气韵流畅,最显出太白歌行本色。

峨眉山月歌送蜀僧晏入中京[①]

我在巴东三峡时[②],西看明月忆峨眉。月出峨眉照沧海,与人万里长相随。黄鹤楼前月华白,此中忽见峨眉客[③]。峨眉山月还送君,风吹西到长安陌。长安大道横九天,峨眉山月照秦川[④]。黄金师子乘高座,白玉麈尾谈重玄[⑤]。我似浮云滞吴越[⑥],君逢圣主游丹阙[⑦]。一振高名满帝都,归时还弄峨眉月。

[注释]

①峨眉山:在今四川峨眉。蜀僧晏:事迹不详。中京:指长安,至德二年十二月改蜀郡为南京,凤翔为西京,长安为中京。上元二年中京复曰西京。

②巴东:泛指古巴国之东,含今云阳、奉节以东。三峡在其中,故称"巴东三峡"。《巴东三峡歌》云:"巴东三峡巫峡长,

猿鸣三声泪沾裳。"

③"黄鹤"二句:写与蜀僧相遇于江夏。黄鹤楼,在江夏黄鹄矶。故址在今湖北武昌蛇山。峨眉客,指蜀僧晏。

④秦川:秦之故地,约包括今陕甘两省。

⑤师子乘高座:《大智度论》七:"佛为人中师子,佛所坐处,或床或地,皆名师子座。如今者,国王坐处亦名师子座。"师,通"狮"。麈尾:俗称拂尘。晋人谈玄多执玉柄麈尾。《世说新语·容止》:"王夷甫容貌整肃,妙于谈玄,恒捉白玉柄麈尾,与手都无分别。"二句悬想蜀僧晏在长安上座说法。

⑥"我似"句:化用曹丕《杂诗》其二:"西北有浮云,亭亭如车盖。惜哉时不遇,适与飘风会。吹我东南行,行行至吴会。吴会非我乡,安得久留滞?"所谓"浮云滞吴越",乃喻指自己滞留江夏。吴越,指"吴会",切"浮云"。以押韵故改"会"为"越"。均指今江浙一带。

⑦丹阙:指长安宫阙。

[点评]

　　本篇为送行诗,当是在江夏送蜀僧晏入长安。僧居蜀之峨眉,因题曰"峨眉山月歌"。以峨眉山月发端,复以峨眉山月收束。其间以月为线贯联首尾,月照三峡,月照黄鹤楼,月照秦川,月照峨眉,无往而非月。严沧浪曰:"回环散见,映带生辉,真有月映千江之妙。"(《严羽评点李集》)可谓知言。

感慨兴怀

仰天大笑出门去

大车扬飞尘

（古风其二十四）

　　大车扬飞尘,亭午暗阡陌①。中贵多黄金②,连云开甲宅。路逢斗鸡者③,冠盖何辉赫④！鼻息干虹霓,行人皆怵惕⑤。世无洗耳翁⑥,谁知尧与跖⑦？

[注释]

①"大车"二句:言豪贵的车尘飞扬于道途,正午的日光也被遮蔽得一片昏暗。亭午:正午。阡陌:原指南北东西田界,此指道路。

②中贵:显贵的侍从宦官。又称"中贵人"。《史记·李将军列传》索隐引董巴《舆服志》云:"黄门丞至密近,使听察天下,谓之中贵人使者。"

③斗鸡者:专事斗鸡的人,如贾昌之流。陈鸿《东城老父传》载,唐玄宗在藩邸时,乐民间斗鸡戏。及即位,治鸡坊于两宫间,选六军小儿五百人,使训扰教饲雄鸡。上行下效,诸王、外戚、公主、侯家,皆倾帑市鸡,都中男女,以弄鸡为事。贾昌为五百小儿长,帝甚爱幸之,号为鸡神童。金帛之赐,日至其家。时人语曰:"生儿不用识文字,斗鸡走马胜读书。贾家小儿年十三,富贵荣华代不如。"

④冠盖:官吏的服饰与车乘,有时代指官吏。冠,礼帽。盖,

车盖。班固《两都赋》:"冠盖如云,七相五公。"

⑤怵惕:恐惧。

⑥洗耳翁:指许由。晋皇甫谧《高士传》载,尧让天下于许由,由遁耕于颍水之阴,其山之下;尧又召许由为九州长,由不欲闻之,洗耳于颍水之滨。

⑦尧:传说中古帝陶唐氏之号。《尚书·尧典》:"曰若稽古帝尧。"后用以指代圣君。跖:春秋战国之交的人,名跖,一作"蹠",为柳下季之弟。旧时被诬称为盗跖。见《庄子·盗跖》。

[点评]

　　本篇刺中贵之骄奢,讽小人之得志,盖有所感而发者也。或是初入长安时耳目所濡染而感慨系之,因发而为诗。矛头所向,直指玄宗。

少年行①

　　五陵年少金市东②,银鞍白马度春风。落花踏尽游何处,笑入胡姬酒肆中③。

[注释]

①少年行:乐府杂曲旧题。或作《少年子》,本出《结客少年场》。

②五陵年少:指豪贵公子。五陵,指长安之北长陵、安陵、阳陵、茂陵、昭陵西汉五帝的陵墓。五陵在汉唐为豪门贵族聚居之地。金市:古洛阳陵云台西有金市。西方属金,故称金市。见《水经注·谷水》。此指繁华的街市。

③胡姬:原指西域出生的少女。后多泛指卖酒女郎。酒肆:酒店,酒家。

[点评]

本题二首,均写少年豪侠。此首又题《小放歌行》,颇能尽少年公子豪放之态。太白自少即热衷于仙与侠,故与少年豪侠多所共鸣,是亦夫子自道也。

白马篇①

龙马花雪毛②,金鞍五陵豪③。秋霜切玉剑④,落日明珠袍⑤。斗鸡事万乘,轩盖一何高⑥!弓摧南山虎⑦,手接太行猱⑧。酒后竞风采,三杯弄宝刀。杀人如剪草,剧孟同游遨⑨。发愤去函谷⑩,从军向临洮⑪。叱咤经百战,匈奴尽奔逃。归来使酒气⑫,未肯拜萧曹⑬。羞入原宪室,荒径隐蓬蒿⑭。

[注释]

①白马篇:乐府杂曲旧题。曹植、鲍照本题均写边塞事,此则

写五陵豪少。

②龙马:《周礼·夏官》:"马八尺以上为龙。"后多以龙喻骏马。

③五陵豪:聚居于长安之北五陵地带的豪门贵族。

④"秋霜"句:言五陵豪所佩之剑霜刃锐利,可以切玉。《列子·汤问》谓周穆王得西戎锟铻之剑,"炼钢赤刃,用之切玉,如切泥焉"。

⑤"落日"句:言珠袍在夕阳中闪闪发光。语本梁王僧孺《古意》诗:"朔风吹锦带,落日映珠袍。"

⑥"斗鸡"二句:言以斗鸡侍奉主上,以博取荣华。事见陈鸿《东城老父传》。

⑦南山虎:用晋周处事。南山白额虎为患,周处入山中射杀,为民除害。见《晋书·周处传》。

⑧"手接"句:《后汉书·张衡传》注引《尸子》曰:"中黄伯曰:我左执太行之獶,右执雕虎,惟象之未试,吾或焉。"獶,类猿,长臂。

⑨剧孟:汉代大侠。《汉书·游侠传》:"布衣游侠,剧孟、郭解之徒,如鹜于间阎,权行州域,力折公卿。"

⑩函谷:函谷关。秦关在今河南灵宝,汉关在今河南新安。

⑪临洮:隋为临洮郡,唐为岷州治。在今甘肃岷县。

⑫使酒:酒后任性。《史记·魏其武安侯列传》:"灌夫为人刚直使酒,不好面谀。贵戚诸有势在己之右,不欲加礼,必陵之。"

⑬萧曹:指汉初宰相萧何与曹参。《史记》载:"昌为人强力,敢直言,自萧曹等皆卑下之。"

⑭"羞入"二句:《韩诗外传》一:"原宪居鲁,环堵之室,茨以蒿莱,蓬户瓮牖,桷桑而无枢,上漏下湿,匡坐而弦歌。"原

宪,字子思,孔子弟子,安贫乐道。

[点评]

本篇写长安五陵豪门子弟逞强使气,亦颂亦讽,似颂实讽。萧士赟曰:"此诗寓贬于褒,寄扬于抑,深得国风之旨。"太白尊侠重义,故于其侠义有所扬,然于其豪奢则有所抑,心情复杂,而其妙处正在褒贬之际抑扬之间也。

五月东鲁行答汶上翁①

五月梅始黄,蚕凋桑柘空。鲁人重织作,机杼鸣帘栊②。顾余不及仕,学剑来山东③。举鞭访前涂,获笑汶上翁。下愚忽壮士④,未足论穷通⑤。我以一箭书,能取聊城功。终然不受赏,羞与时人同⑥。西归去直道,落日昏阴虹⑦。此去尔勿言,甘心如转蓬⑧。

[注释]

①东鲁:指鲁郡,即兖州,治瑕丘。李白移家于此。汶上:指汶水流域。《论语·雍也》:"如有复我者,则吾必在汶上矣。"汶上翁,指鲁儒。
②"五月"四句:写农村耕织事。以农事发兴,可知其家于城

外乡村。桑柘,桑叶、柘叶皆可养蚕。机杼,织布工具。

③山东:指太行山以东地区,古指青、兖二州之境。

④下愚:指最愚笨的人。语本《论语·阳货》:"惟上知与下愚不移。"

⑤穷通:贫困与显达。《庄子·让王》:"古之得道者,穷亦乐,通亦乐,所乐非穷通也。"此谓仕宦成败。

⑥"我以"四句:谓其似鲁仲连之功成身退。一箭书,典出《史记·鲁仲连邹阳列传》:聊城为燕所陷,齐田单攻岁余而未下。鲁仲连乃为书,约之矢以射城中遗燕将,燕将见书,泣三日,自杀,聊城遂下。鲁仲连有功不受爵,逃隐于海上。

⑦阴虹:古以虹霓属阴气,故称阴虹。

⑧转蓬:如飞蓬之飘转不定,喻漂泊四方。

[点评]

本篇为自安陆移家东鲁时所作。其时穷处乡间,为鲁儒所讥,因以诗答之,明其功成身退的态度。

南陵别儿童入京①

白酒新熟山中归②,黄鸡啄黍秋正肥。呼童烹鸡酌白酒,儿女嬉笑牵人衣。高歌取醉欲自慰,起舞落日争光辉③。游说万乘苦不早④,著鞭跨马涉远道。会稽愚妇轻买臣⑤,余亦辞家西入秦⑥。仰天大笑出门去,我辈岂是蓬蒿人⑦。

[注释]

①南陵:当在鲁郡,或即沙丘旁太白居处。作者另有《酬张卿夜宿南陵见赠》,其南陵亦指此。旧注宣州南陵,误。入京:天宝初,太白以玉真公主、贺知章之荐,奉诏入翰林,由东鲁首途赴京。

②"白酒"句:谓酒初熟时自山中归家。山中,当是徂徕山中。太白居东鲁时,曾与韩准等人隐于徂徕竹溪。

③"高歌"二句:影宋咸谆本注云:"一本无此二句。"

④游说万乘:以策士自况,喻向君王献策。万乘,指皇帝。《孟子·梁惠王上》"万乘之国",注:"万乘,谓天子也。"

⑤"会稽"句:《汉书·朱买臣传》载,会稽朱买臣,家贫,好读书,常刈薪以给食。担薪诵书,妻随而止之。买臣益疾诵,妻羞之,求去。买臣曰:"我年五十当富贵。"妻怒曰:"如公等,终饿死沟中耳,何能富贵!"后买臣登仕途,任会稽太守,其妻羞愧自缢。按,此愚妇,当有所指。或以为诀而去者之刘氏,或以为鲁妇人,均在疑似之间。

⑥入秦:即入京城长安。长安在秦地,故称入秦。又暗用张仪入秦游说之典。

⑦蓬蒿人:山野之人。

[点评]

诗题《河岳英灵集》《又玄集》作《古意》。为奉诏入京告别家人之作,喜不自胜,狂态可掬,以直致见风格。

宫中行乐词^①

（选一）

柳色黄金嫩，梨花白雪香。玉楼巢翡翠^②，珠殿锁鸳鸯。选妓随雕辇，征歌出洞房。宫中谁第一，飞燕在昭阳^③。

[注释]

①行乐：消遣娱乐。汉杨恽《报孙会宗书》："人生行乐耳。"
②翡翠：鸟名。或云赤者为雄曰翡，青者为雌曰翠。见《异物志》。
③飞燕：指汉成帝皇后赵飞燕。赵飞燕居昭阳殿。此借喻杨贵妃。

[点评]

本题八首，皆太白供奉翰林时应制之作，颂宫廷游乐事。此选其二，《文苑英华》题作《醉中侍宴应制》。太白向不为诗律所缚，极少作律体，然其宫中应制之什，非独严于声律，且亦工于雕刻，故知彼于近体，非不能也，是不为也。倘其乐为此齐梁浮艳绮丽之体，则岂复有太白邪！

清平调词①（三首）

一

云想衣裳花想容②，春风拂槛露华浓。若非群玉山头见③，会向瑶台月下逢④。

二

一枝红艳露凝香，云雨巫山枉断肠⑤。借问汉宫谁得似，可怜飞燕倚新妆⑥。

三

名花倾国两相欢⑦，长得君王带笑看。解释春风无限恨，沉香亭北倚阑干⑧。

[注释]

①清平调：唐大曲名，或以为始创于玄宗天宝间，乐律在古之清调与平调之间，别名"清平辞"。

②想：像，如。有悬拟之意。

③群玉山：仙山。传为西王母所居。见《仙传拾遗》。

④瑶台:神仙所居之处。《太平御览》六六〇引《登真隐诀》:
"昆仑瑶台,是西王母之宫。"

⑤云雨巫山:巫山神女旦为朝云,暮为行雨。典出宋玉《高唐赋》。

⑥"借问"二句:以汉成帝皇后赵飞燕喻杨贵妃。是美杨妃。

⑦名花:指牡丹花。倾国:指美女。汉李延年歌谓北方佳人
"一顾倾人城,再顾倾人国",后因以"倾城倾国"指美女。此
喻杨妃。句意谓牡丹杨妃两相欢也。

⑧沉香亭:在兴庆宫龙池畔。其故址与今西安兴庆公园中之
沉香亭相去不远。

[点评]

　　本题三首为供奉翰林时奉命应制之作,借名花以称颂杨
妃。据《松窗杂录》载,兴庆池东沉香亭前,牡丹盛开,玄宗
与杨妃前往赏花,时选梨园子弟随从。玄宗曰:"赏名花,对
妃子,焉用旧词!"遂命李龟年宣李白作词,立进《清平调词》
三章。龟年歌唱,玄宗吹笛伴奏,为一时之极致。沈德潜谓
"三章合花与人言之,风流旖旎,绝世丰神"(《唐诗别载
集》),颇谙其中之味。或说高力士以此激贵妃,实乃无根之
谈;或说颂中寓讽,亦求之过深。作颂声读,庶几近之。

紫骝马①

紫骝行且嘶,双翻碧玉蹄②。临流不肯渡,似

惜锦障泥③。白雪关山远，黄云海戍迷④。挥鞭万里去，安得念春闺⑤?

[注释]

①紫骝马：乐府横吹曲旧题。紫骝，又称枣骝，赤色马。
②"双翻"句：沈佺期《骢马》："四蹄碧玉片，双眼黄金瞳。"
③"临流"二句：《世说新语·术解》："王武子善解马性，尝乘一马，着连钱障泥，前有水，终日不肯渡。王云：'此必是惜障泥。'使人解去，便径渡。"障泥，垂于马腹两侧以遮尘泥者。
④"白雪"二句：谓紫骝随征人远戍。白雪，指白雪戍，在蜀；黄云，指黄云戍。均关合边塞景色。
⑤春闺：代指思妇。

[点评]

　　《紫骝马》旧题古辞多为"从军久戍怀归而作"（《古今乐录》），至六朝拟作，如梁简文帝、梁元帝、陈后主、徐陵之作，只咏马而已。王琦《李太白全集》谓"太白则咏马而兼及从军远戍，不恋家室之乐，仍不失古辞之意"，颇切词旨。前四句咏马，五六两句人马相兼，末二句则只写征人，得古辞之意，其承转变化，极为灵活。

关山月①

　　明月出天山②,苍茫云海间。长风几万里,吹度玉门关③。汉下白登道④,胡窥青海湾⑤。由来征战地,不见有人还。戍客望边色,思归多苦颜⑥。高楼当此夜,叹息未应闲⑦。

[注释]

①关山月:乐府横吹曲旧题。

②天山:此指祁连山。山横亘于甘肃青海之间。言月出天山,是征人在天山之西。

③玉门关:在今甘肃敦煌西北,为古时通往西域要道。

④白登:白登山,上有白登台,在今山西大同之东。汉七年,匈奴冒顿曾围汉高祖于此,七月乃解。见《史记·韩信卢绾列传》。

⑤青海:指青海湖。在今青海东北部。隋属吐谷浑,唐为吐蕃所据。唐与吐蕃多次攻战于青海湖附近。

⑥戍客:指守边战士。边色:一作"边邑"。二句写戍客思归。

⑦"高楼"二句:南朝陈徐陵《关山月》:"思妇高楼上,当窗未应眠。"其意本此,不言思妇,而思妇之情自见。

《乐府古题要解》曰："《关山月》皆言伤离别也。"写关山阻隔,乃一般离别。太白则专写征人思妇之离别,有征人之乡思,有思妇之怨情,盖有感于边塞战争也。明胡应麟《诗薮》谓此诗"浑雄之中,多少闲雅",其写关山戍客,饶有壮气,自是浑雄;其写高楼思妇,虽有怨情,却见闲雅。此诗最富于盛唐气象,宜其为千古绝唱也。

胡无人①

严风吹霜海草凋②,筋干精坚胡马骄③。汉家战士三十万,将军兼领霍嫖姚④。流星白羽腰间插⑤,剑花秋莲光出匣⑥。天兵照雪下玉关,虏箭如沙射金甲⑦。云龙风虎尽交回⑧,太白入月敌可摧⑨。敌可摧,旄头灭⑩,履胡之肠涉胡血⑪。悬胡青天上,埋胡紫塞旁⑫。胡无人,汉道昌⑬。陛下之寿三千霜,但歌大风云飞扬,安用猛士兮守四方⑭。

［注释］

①胡无人:又作《胡无人行》,乐府相和歌旧题。

②严风:冬天凛冽的寒风。梁元帝《纂要》:"冬日玄英,亦曰安宁,亦曰玄冬、三冬、九冬,天曰上天,风曰寒风、劲风、严风、厉风、哀风。"海草:瀚海之草,即边塞之草。《宋书·周朗传》:"池上海草,岁荣日蔓。"

③筋干精坚:犹言强弓。筋干,指弓。《周礼·考工记》:"凡为弓,冬折干而春液角,夏治筋,秋合三材。"

④霍嫖姚:指霍去病。汉武帝时名将,曾为嫖姚校尉,后为骠骑将军。《汉书》有传。

⑤流星:古宝剑名。崔豹《古今注·舆服》:吴大帝有宝剑六,"四曰汉星"。或作飞速解,谓羽箭如流星之疾。与《古风》"羽檄如流星"同义。白羽:饰有白羽的箭。《史记·司马相如列传》:"弯繁弱,满白羽,射游枭。"

⑥剑花秋莲:暗示匣中宝剑为芙蓉剑。

⑦"天兵"二句:写边塞两军交战。玉关,指玉门关。

⑧云龙风虎:古战阵名。八阵中之四阵,另四阵为天地鸟蛇。见唐李靖《唐太宗李卫公问对》。

⑨太白入月:古星相家以为此乃"将戮"之象征。见《史记·天官书》。摧敌之说,或别有所据。

⑩旄头:胡星。亦作髦头。《史记·天官书》:"昴曰髦头,胡星也。"旄头灭,有灭胡之意。

⑪"履胡"句:语本《淮南子·兵略训》:"白刃合,流矢接,涉血履肠,舆死扶伤,流血千里,暴骸盈场,乃以决胜,此用兵之下也。"

⑫紫塞:北方边防要塞。崔豹《古今注·都邑》:"秦筑长城,土色皆紫。汉塞亦然,故称紫塞焉。"

⑬汉道昌:汉家国运昌隆。此借汉喻唐。

⑭"陛下"三句：一本无此三句。或疑为后人所增。"但歌"二句语本汉高祖《大风歌》："大风起兮云飞扬，威加海内兮归故乡，安得猛士兮守四方。"反其意而用之。

[点评]

诗中有"太白入月敌可摧"诸语，注家多以为写安史之乱，乃至谓占验史氏父子之败。是亦类望文生义，于诗义似有一间之隔。细味诗意，当是咏边塞之事，以颂大唐国威。安旗《李白全集编年注释》按曰："故《胡无人》一诗宜从赵翼、王琦说，以寻常边塞诗视之。"得之矣。

翰林读书言怀呈集贤诸学士①

晨趋紫禁中②，夕待金门诏③。观书散遗帙④，探古穷至妙。片言苟会心⑤，掩卷忽而笑。青蝇易相点⑥，白雪难同调⑦。本是疏散人，屡贻褊促诮⑧。云天属清朗，林壑忆游眺。或时清风来，闲倚栏下啸。严光桐庐溪⑨，谢客临海峤⑩。功成谢人间，从此一投钓⑪。

[注释]

①翰林：指翰林院。《新唐书·百官志》一："翰林院者，待诏

之所也。"集贤:即集贤殿书院。有学士、直学士、侍读学士、修撰官,掌刊辑经籍。一本"集贤"下有"院内"二字。《旧唐书·职官志》二:"集贤学士,初定制以五品以上官为学士,六品以下为直学士。"

②紫禁:即紫禁宫。紫微、禁中,均指皇宫。翰林院与集贤殿书院,均设在皇宫里。

③金门:即金马门。汉宫门,东方朔、主父偃等皆待诏于金马门。此暗以东方朔自拟。

④遗帙:犹遗编。前代遗留后世的著作。

⑤会心:领悟,领会。《世说新语·言语》载,梁简文帝入华林园,顾谓左右曰:"会心处不必在远,翳然林水,便自有濠濮间想也。"

⑥青蝇:喻进谗者。语本《诗经·小雅·青蝇》:"营营青蝇,止于樊;岂弟君子,无信谗言。"

⑦"白雪"句:谓曲高和寡。宋玉《对楚王问》,言客歌于郢中,歌《下里》《巴人》,和者数千人;其歌《阳春》《白雪》,和者不过十数人,"其曲弥高,其和弥寡"。

⑧褊促:胸襟狭隘。诮:讥讽。

⑨"严光"句:严光字子陵,东汉会稽人。光武帝同学,隐居不仕,于桐庐富春江垂钓。见《后汉书·严光传》。其钓台今犹存。

⑩"谢客"句:语本谢灵运《登临海峤初发强中作》诗。意拟学谢灵运登山览胜。谢客,谢灵运小字客儿,人称谢客。

⑪"功成"二句:表示功成身退,归隐林泉。人间,一作"人君"。

[点评]

太白入翰林，当是恃才傲物，自知贻讥被谗，故于本篇力加辩白，以期诸学士同情。诗虽露出引退之意，然犹异功成而后拂衣。是则近乎求情矣。太白貌似超脱，实乃执着，盖时代使然也。倘非处于盛世，而生于末世，或真超然世外也。

答王十二寒夜独酌有怀①

昨夜吴中雪，子猷佳兴发②。万里浮云卷碧山，青天中道流孤月。孤月沧浪河汉清，北斗错落长庚明③。怀余对酒夜霜白，玉床金井冰峥嵘④。人生飘忽百年内，且须酣畅万古情。君不能狸膏金距学斗鸡，坐令鼻息吹虹霓⑤。君不能学哥舒，横行青海夜带刀，西屠石堡取紫袍⑥。吟诗作赋北窗里，万言不直一杯水。世人闻此皆掉头，有如东风射马耳⑦。鱼目亦笑我，请与明月同⑧。骅骝拳跼不能食，蹇驴得志鸣春风⑨。折杨皇华合流俗，晋君听琴枉清角⑩。巴人谁肯和阳春⑪，楚地犹来贱奇璞⑫。黄金散尽交不成，白首为儒身被轻。一谈一笑失颜色,苍蝇贝锦喧谤声^⑬。曾参岂是杀人者,谗言三及慈母惊^⑭。与君论心握君手,荣辱于余亦何有？孔圣犹闻伤凤麟^⑮,董龙更是何鸡狗^⑯？一生傲岸苦不谐,恩疏媒劳志多乖。严陵高揖汉天子^⑰,何必长剑拄颐事玉阶^⑱。达亦不足贵,穷亦不足悲。韩信羞将绛灌比^⑲,祢衡耻逐屠沽儿^⑳。君不见,李北海,英风豪气今何在^㉑！君不见,裴尚书,土坟三尺蒿棘居^㉒！少年早欲五湖去^㉓,见此弥将钟鼎疏^㉔。

[注释]

①王十二:王姓,排行十二,名字事迹未详。

②"昨夜"二句:用王子猷雪夜访戴安道事。见《世说新语·任诞》。此以王子猷喻王十二。

③北斗:北斗星。长庚:金星,又名太白星。

④"怀余"二句:切王十二赠诗之题《寒夜独酌有怀》。玉床金井,形容井与井栏装饰的华贵。

⑤"君不能"二句:抨击斗鸡徒。狸膏金距,鸡头涂狸膏,以使对方畏惧;鸡爪饰金距,易伤对方,皆斗鸡制胜的手段。梁简文帝《鸡鸣篇》:"陈思助斗协狸膏,郈昭妒敌安金距。"鼻息吹虹霓,形容斗鸡徒气焰之盛。《古风》其二十四:"路逢斗鸡者,冠盖何辉赫！鼻息干虹霓,行人皆怵惕。"可对读。

⑥"君不能"三句:写哥舒翰攻石堡城事。哥舒,哥舒翰,唐

代边将。天宝七年冬,代王忠嗣为陇右节度使,筑神威军于青海上,又筑城于中龙驹岛,后以朔方、河东监牧十万众攻石堡城,不旬月而拔之。上录其功,拜特进、鸿胪员外卿,加摄御史大夫。见《旧唐书·哥舒翰传》。夜带刀,《全唐诗》录西鄙人《哥舒歌》:"北斗七星高,哥舒夜带刀。至今窥牧马,不敢过临洮。"石堡:石堡城,又名铁刃城,在今青海西宁西南。紫袍:唐三品以上官服。

⑦"世人"二句:谓世人不重诗赋。掉头:转头,不顾。东风射马耳:喻漠然无所动心。

⑧"鱼目"二句:谓鱼目混珠。晋张协《杂诗》:"鱼目笑明月。"请:一作"谓"。明月:即明月珠。太白多用以比喻才士。

⑨"骅骝"二句:形容贤者失意,庸者得志。骅骝:骏马名,喻有才华的人士。拳跼:不得伸展。蹇驴:跛脚的驴子,喻庸凡之辈。

⑩"折杨"二句:以古乐讽君德之薄。折杨皇华:两种歌曲名。《庄子·天地》:"大声不入于里耳,《折杨》《皇华》,则嗑然而笑。"枉清角,典出《韩非子·十过》:晋平公问:"清角可得而闻乎?"师旷答曰:"不可……今主君德薄,不足听之,听之将恐有败。"平公以年老好音,急欲听之,师旷不得已而鼓琴。一奏之,风雨大作,平公恐惧,伏于廊室。由是晋国大旱,赤地三年。平公之身遂癃病。

⑪"巴人"句:谓曲高和寡。典出宋玉《对楚王问》。阳春,高雅之曲。

⑫"楚地"句:用卞和事。《韩非子·和氏》载,卞和得一璞,献楚王,以为石,定欺君之罪,刖其足。

⑬苍蝇贝锦：指谗言。苍蝇，典出《诗经·小雅·青蝇》；贝锦，典出《诗经·小雅·巷伯》。

⑭"曾参"二句：《战国策·秦策》："费人有与曾子同名姓者而杀人。人告曾子母曰：'曾参杀人。'曾子之母曰：'吾子不杀人。'织自若，有顷焉，人又曰：'曾参杀人。'其母尚织自若也。顷之，一人又告之曰：'曾参杀人。'其母惧，投杼逾墙而走。"谓谗言之可畏。

⑮孔圣：孔子。伤凤麟：孔子曾叹"凤鸟不至"（《论语·子军》），曾悲"西狩获麟"（《史记·孔子世家》），哀其道之穷。

⑯"董龙"句：典出《十六国春秋》："董龙（名荣）以佞幸进，官前秦右仆射，宰相王堕刚直，疾之如仇，或劝其降意接之，堕曰：'董龙是何鸡狗，而令国士与之言乎！'"

⑰"严陵"句：用严子陵辞汉光武隐于富春山故事。见《后汉书·严光传》。

⑱长剑拄颐：为臣之状。齐童谣曰："大冠若箕，修剑拄颐。"见《战国策·齐策》。事玉阶：为臣事君。玉阶，此指玉陛，帝王殿阶。

⑲"韩信"句：谓韩信"羞与绛灌等列"（《史记·淮阴侯列传》）。绛灌，指绛侯周勃与颍阴侯灌婴。二人功在韩信之下。

⑳"祢衡"句：后汉祢衡尚气刚傲，矫时慢物，人问何不从陈群与司马朗，对曰："吾焉能从屠沽儿耶！"屠沽儿，指屠夫与卖酒者。

㉑"李北海"二句：北海太守李邕，天宝六年为宰相李林甫陷害杖杀。见《新唐书·李邕传》。按，李邕与李白、杜甫均有交情。

㉒"裴尚书"二句:刑部尚书裴敦复,为李林甫所忌,贬淄州郡太守。天宝六年与李邕同案被杖杀。见《旧唐书·玄宗纪》。蒿棘,指杂草。

㉓五湖:指太湖。范蠡功成身退,泛舟五湖。五湖即成退隐之处的泛称。

㉔钟鼎:钟鸣鼎食,指富贵。

[点评]

　　本篇为答王十二《寒夜独酌有怀》之作。王诗激发太白之幽愤,故答诗以愤激之辞出之,毫不掩饰,于时事亦多所抨击。安旗谓"此诗抨击时政,直言指斥,为李白抒怀诗中政治色彩最强者"(《李白全集编年注释》),端的如此。其郁闷不平之情,如骨鲠在喉,不吐不快,故虽近骂詈,却最见太白性情。

北风行①

　　烛龙栖寒门,光耀犹旦开②。日月照之何不及此? 惟有北风号怒天上来。燕山雪花大如席③,片片吹落轩辕台④。幽州思妇十二月,停歌罢笑双蛾摧。倚门望行人,念君长城苦寒良可哀。别时提剑救边去,遗此虎文金鞞靫⑤。中有一双白羽箭⑥,

蜘蛛结网生尘埃。箭空在，人今战死不复回。不忍见此物，焚之已成灰。黄河捧土尚可塞^⑦，北风雨雪恨难裁^⑧。

[注释]

①北风行：乐府杂曲旧题。

②"烛龙"二句：《山海经·大荒北经》："西北海之外，赤水之北，有章尾山，有神人面蛇身而赤，直目正乘，其瞑乃晦，其视乃明，不食不寝不息，风雨是谒，是烛九阴，是谓烛龙。"或说烛龙在雁门北委羽之山，人面龙身，视为昼，瞑为夜。见《淮南子·地形训》及高诱注。其瞑为夜（晦）视为昼（明）说法一致，即所谓"光耀犹旦开"。寒门：传说中北方极寒之处。

③燕山：此泛指燕地之山。

④轩辕台：《山海经·大荒西经》："有轩辕之台，射者不敢西向射，畏轩辕之台。"按，黄帝与蚩尤战于冀州之野，所以今河北亦有轩辕台遗迹。王琦《李太白全集》注引《直隶名胜志》："轩辕台在保安州西南界之乔山上。"

⑤鞞鞁：当作"鞴鞁"，即步叉，箭袋。

⑥白羽箭：饰有白羽的箭。又省称"白羽"。《史记·司马相如列传》："弯繁弱，满白羽，射游枭。"

⑦"黄河"句：语本《后汉书·朱浮传》："此犹河滨之人捧土以塞孟津，多见其不知量也。"

⑧北风雨雪：《诗经·邶风·北风》："北风其凉，雨雪其雱。"朱熹集传："言北风雨雪，以比国家危乱将至而气象愁惨也。"

本篇写幽州思妇之怨,反映东北战事。安禄山战奚契丹以扩充兵力,壮大地盘,为图谋不轨做准备,太白在幽州似有所感,诗中亦隐然有所讽。

独坐敬亭山①

众鸟高飞尽,孤云独去闲②。相看两不厌③,只有敬亭山。

[注释]

①敬亭山:在今安徽宣城西北郊。又名昭亭山,太白曾寄居山下。
②孤云:喻闲逸逍遥之人。
③厌:憎恶,抛弃。

[点评]

诗写敬亭山独坐,与山对望,其厌世愤世之情自在言外。与山为伴,见出独而不独,不独之独,益显其独,自有其妙趣。人至以无情之物为知音,则世风可知,孤寂可知。

别内赴征①（三首）

一

王命三征去未还，明朝离别出吴关②。白玉楼高看不见③，相思须上望夫山④。

二

出门妻子强牵衣，问我西行几日归⑤。归时傥佩黄金印，莫见苏秦不下机⑥。

三

翡翠为楼金作梯，谁人独宿倚门啼⑦？夜坐寒灯连晓月，行行泪尽楚关西⑧。

[注释]

①别内：指别夫人宗氏。赴征：指应永王李璘之邀。
②"王命"二句：谓决意应征。太白《与贾少公书》云："王命崇重，大总元戎，辟书三至，人轻礼重。严期迫切，难以固辞。扶力以行，前观进退。"吴关，泛指吴地。

③白玉楼：道教以为天帝所居之处。此喻指永王戎幕。宗氏修道，故以玉楼为喻。

④望夫山：《水经注·江水》载，传说昔有人服役未还，其妻登山而望，每次登山，必用藤箱盛土以高其山，故名曰望夫山。山在今江西德安西北。此为虚拟，不必实指。

⑤西行：时太白隐庐山，永王驻荆襄，故赴征向西行。或以后文用苏秦事，故说"西行"。

⑥"归时"二句：用苏秦事。苏秦西行说秦王，书十上而说不行，归家，妻不下机，嫂不为炊。后游说燕赵韩魏齐楚六国，合纵抗秦，佩六国相印。见《史记》。黄金印：指六国相印。下机：指下织布机。

⑦"翡翠"二句：写其夫人别后之相思。翡翠：玉名。玉楼金梯，写夫人居处。以其入道流，故以金玉为形容。

⑧楚关：泛指楚地。永王时自襄阳屯师江陵。在楚地之西。

[点评]

朱谏《李诗辨疑》以此三首为伪作，大误。郭沫若定为应永王李璘的征聘所作，良是。王命三征，太白应聘，将自庐山屏风叠首途，临别赋诗三首，以慰其内，盖其时战局政局复杂多变，其夫人宗氏乃相门之女，不能不有所顾忌，故对太白应永王李璘之征，心有所不安。"看不见"，"相思"，"强牵衣"，"倚门啼"，"行行泪尽"，俱反映出宗氏的担心与悲哀。以此观之，宗夫人之政治敏感，实胜于太白也。

狱中上崔相涣^①

胡马渡洛水,血流征战场^②。千门闭秋景,万姓危朝霜。贤相燮元气,再欣海县康^③。台庭有夔龙,列宿粲成行^④。羽翼三元圣,发辉两太阳^⑤。应念覆盆下,雪泣拜天光^⑥。

[注释]

①崔相涣:宰相崔涣。玄宗奔蜀途中,房琯荐崔涣为黄门侍郎同中书门下平章事。肃宗灵武即位,与房琯同赴行在。旋诏涣充江淮宣谕选补使。以选人才。太白上书申冤即在此期。

②"胡马"二句:谓安史叛军攻陷洛阳。

③"贤相"二句:赞崔相之扭转危局。元气,指天地阴阳之气。燮元气,调和天地之气,喻治乱。《尚书·周官》:"立太师、太傅、太保,兹惟三公,论道经邦,燮理阴阳。"海县康,海内康宁。太白《代寿山答孟少府移文书》:"使寰区大定,海县清一。"

④"台庭"二句:谓崔涣等名臣延揽人才。夔龙,舜时二名臣,喻指崔涣等。列宿,天上星宿,喻人才。

⑤"羽翼"二句:谓众臣辅佐唐皇室。三元圣,王琦《李太白全集》注:"谓玄宗、肃宗、广平王也。"按,广平王即肃宗之子

李俶,更名豫,后为代宗。两太阳,《李太白全集》王琦注:"亦谓玄宗、肃宗也。"

⑥"应念"二句:求为申冤。覆盆,覆置之盆,喻笼罩黑暗,含冤莫白。《抱朴子·辨问》:"日月有所不照,圣人有所不知,是责三光不照覆盆之内也。"雪泣,雪涕,指哭。

[点评]

太白以从璘事系寻阳狱,狱中赋此诗上崔相涣,颂其贤德,并求为雪冤。其颂崔相,兼及肃宗父子,非真颂圣,意在申冤也。太白另有《系寻阳上崔相涣三首》《上崔相百忧章》(原注"时在寻阳狱"),皆力辩其冤,并求助于崔涣。太白一生运蹇,此时为甚,是诗人之不幸,亦时代之不幸。

自汉阳病酒归寄王明府①

去岁左迁夜郎道②,琉璃砚水长枯槁。今年敕放巫山阳③,蛟龙笔翰生辉光。圣主还听子虚赋,相如却欲论文章④。愿扫鹦鹉洲⑤,与君醉百场。啸起白云飞七泽,歌吟渌水动三湘⑥。莫惜连船沽美酒,千金一掷买春芳⑦。

[注释]

①汉阳:今属湖北武汉。王明府:王姓汉阳县令。太白遇赦

至江夏，与王明府交往颇密切，有《赠王汉阳》《寄王汉阳》《望汉阳柳色寄王宰》《早春寄王汉阳》《醉题王汉阳厅》等诗。

②夜郎：今贵州正安。

③巫山阳：巫山之南。语本宋玉《高唐赋》："妾在巫山之阳，高丘之阻。"实指流放地。

④"圣主"二句：自比相如，冀逢圣主。圣主，指汉武帝。汉武帝读司马相如《子虚赋》，曰："朕独不得与此人同时哉！"因召相如。见《史记·司马相如列传》。此借指唐肃宗。

⑤鹦鹉洲：原在长江中，对黄鹄矶。今移与汉阳接壤。

⑥"啸起"二句：写长啸狂歌之逸兴。七泽，相传楚有七泽，包括云梦。见司马相如《子虚赋》。此泛指楚泽。渌水，古曲名。后汉马融《长笛赋》："上拟法于《韶箾》《南龠》，中取度于《白雪》《渌水》，下采制于《延露》《巴人》。"三湘，泛指今洞庭湖南北湘江流域一带。

⑦"莫惜"二句：极言开怀痛饮。春芳，指酒香。唐人多称酒为春。

[点评]

本篇写在汉阳与王明府酣饮醉归江夏赋诗以谢，颇有重振雄风之意。"啸起"四句，醉态可怜，狂态可掬，宛如当年南内龙池沉香畔之状，然心境自是不同，今非昔比矣，狂醉之中未免挟带苍凉之感与苦涩之味。

别有怀抱

明朝有意抱琴来

长干行①

　　妾发初覆额，折花门前剧②。郎骑竹马来，绕床弄青梅。同居长干里，两小无嫌猜③。十四为君妇，羞颜未尝开。低头向暗壁，千唤不一回。十五始展眉④，愿同尘与灰。常存抱柱信⑤，岂上望夫台⑥。十六君远行，瞿塘滟滪堆⑦。五月不可触，猿声天上哀⑧。门前迟行迹，一一生绿苔。苔深不能扫，落叶秋风早。八月胡蝶黄，双飞西园草。感此伤妾心，坐愁红颜老。早晚下三巴⑨，预将书报家。相迎不道远，直至长风沙⑩。

[注释]

①长干行：乐府杂曲旧题。长干，即长干里，六朝建康城南秦淮河两岸吏民杂居之处。位置约在今南京中华门外与花露冈南。

②门前剧：在门前嬉戏。

③"郎骑"四句：谓男女儿时天真纯洁，无所嫌疑。后之"青梅竹马"成语，即源于此。竹马，儿童嬉戏以竹竿代马，称"竹马"。语本《后汉书·郭汲传》："始至行郡，到河西美稷，

有童儿数百，各骑竹马，道次迎拜。"

④展眉：展开眉头，形容心情舒坦与喜悦。

⑤抱柱信：语出《古诗》："安得抱柱信，皎日以为期。"典出《庄子·盗跖》："尾生与女子期于梁下，女子不来，水至，不去，抱柱而死。"

⑥望夫台：古时夫妇离别，思妇望夫心切，因而编出许多望夫故事与遗迹，如望夫台、望夫山、望夫石，所在多有，不必确指。

⑦瞿塘：峡名，又称夔峡，在今重庆奉节白帝山下。滟滪堆：又作淫预堆，是瞿塘峡中凸起于长江的巨大礁石，为舟行险阻。谚云："滟滪大如襆，瞿塘不可触。"夏雨水涨，尤险，故下文云："五月不可触。"

⑧猿声：古时三峡多猿，啼声凄厉。

⑨三巴：指巴郡、巴东、巴西。在今四川东部长江一带。

⑩长风沙：在今安徽安庆长江边。陆游《入蜀记》："盖自金陵至长风沙七百里，而室家来迎其夫，甚言其远也。"

[点评]

　　本题集中二首，另一首前人考定为赝作。此写长干里夫妻远别，少妇思夫，情意缠绵，其率真处近似六朝民歌。太白之师承乐府，非但寻汉乐府之古朴，亦得南朝乐府之天真也。

静夜思①

床前看月光②，疑是地上霜③。举头望山月④，低头思故乡。

[注释]

①静夜思：太白自制新题乐府之辞，宋郭茂倩收入《乐府诗集》卷九十《新乐府辞》。

②床：坐卧之具。《释名》释床："人所坐卧曰床。"看月光：一作"明月光"。

③"疑是"句：梁简文帝《玄圃纳凉》："夜月似秋霜。"

④山月：一作"明月"。

[点评]

本篇写思乡之情，即景即情，自然神妙。千载之下，犹能引发游子共鸣，故仍播在人口，真乃不朽之诗篇也。

山中问答①

问余何意栖碧山②，笑而不答心自闲。桃花流水窅然去③,别有天地非人间。

[注释]

①山中:当指安陆白兆山中。白兆寺中曾有镌刻太白此诗碑石。元人贯云石题白兆山桃花岩诗云:"神游八极栖此山,流水窅然心自闲。解剑长歌一壶外,知有洞府无人间。"亦定此诗作于此山。

②碧山:白兆山唐以前亦名白赵,唐以后又名碧山。太白诗中称碧山者多属泛指。此则或因有此名而有此称,或因有此诗而有此名。然皆以碧山指白兆山。

③桃花流水:语本晋陶潜《桃花源诗并记》。窅然:深远貌。

[点评]

题一作《答问》,亦作《答俗人问》,又作《山中答俗人》。诗写山居自适之意,信手拈来,词近而意远,遂成绝调。

山中与幽人对酌①

两人对酌山花开,一杯一杯复一杯。我醉欲眠卿且去②,明朝有意抱琴来。

[注释]

①山中:与《山中问答》之山中,或即一处,当指安陆白兆山。

安徽宿松南台山有所谓"对酌亭"遗址,传即太白避地宿松时与闾丘处士对饮处。似未足征信。幽人:隐者。

②"我醉"句:语本萧统《陶渊明传》:"贵贱造之者,有酒辄设。渊明若先醉,便语客:'我醉欲眠,卿可去!'其真率如此。"

[点评]

其写山中与隐者对饮以发幽兴,意颇潇洒,然亦颇凄凄。杜甫《不见》云:"敏捷诗千首,飘零酒一杯。"乃深知太白"一杯"之味者也。

乌夜啼①

黄云城边乌欲栖②,归飞哑哑枝上啼。机中织锦秦川女③,碧纱如烟隔窗语。停梭怅然忆远人,独宿孤房泪如雨④。

[注释]

①乌夜啼:乐府清商曲旧题,多为女子怀人之辞。传说南朝宋临川王刘义庆被废,侍妾夜闻乌啼声,因制此曲。今所传歌辞非此旨。见郭茂倩《乐府诗集》卷四十七引《唐书·乐志》。

②黄云城:泛指边城。古有所谓黄云戍、黄云塞、黄云陇,皆

指边塞。

③机中织锦：典出《晋书·列女传》："窦滔妻苏氏，始平人，名蕙，字若兰，善属文。符坚时，滔为秦州刺史，被徙流沙。苏氏思之，织锦为《回文旋图诗》以赠滔，宛转循环以读之，词甚凄惋，凡八百四十字。"秦川女：指苏蕙，以其夫为秦州刺史，故云。庾信《乌夜啼》："织锦秦川窦氏妻。"

④"停梭"二句：一作"停梭向人问故夫，知在关西泪如雨"。远人，指征夫。独宿孤房，一作"独宿空堂"。

[点评]

此写秦川思妇，非一般女子怀人，乃思念边塞征人也，属边塞诗作。《唐宋诗醇》评曰："语浅而意深，乐府本色。"太白之乐府体，深得六朝神髓。

长相思①

长相思，在长安。络纬秋啼金井阑②，微霜凄凄簟色寒③。孤灯不明思欲绝，卷帷望月空长叹。美人如花隔云端④。上有青冥之高天⑤，下有渌水之波澜。天长路远魂飞苦⑥，梦魂不到关山难。长相思，摧心肝。

[注释]

①长相思：乐府杂曲歌旧题。郭茂倩《乐府诗集》六十九："古诗曰：'客从远方来，遗我一书札。上言长相思，下言久离别。'李陵诗曰：'行人难久留，各言长相思。'……长者久远之辞，言行人久戍，寄书以遗所思也。"

②"络纬"句：梁吴均《杂绝句诗》："蜘蛛檐下挂，络纬井边帝。"络纬，蟋蟀，俗称纺织娘。秋夜啼声凄切。金井阑，井口装饰金属的围阑。

③簟：竹席。

④"美人"句：《古诗·兰若生阳春》："美人在云端，天路隔无期。"

⑤青冥：青天。此指青天之色。屈原《九章·悲回风》："据青冥而撼虹兮，遂倏忽而扪天。"

⑥天长路远：《南史·孙玚传》载，玚卒，尚书令江总为之铭志，陈后主又题铭后四十字，有曰："天长路远，地久灵多。功臣未勒，此意如何。"时论以为荣。

[点评]

《长相思》乐府旧题多写家人情人离别相思之苦，太白此作借以寓君臣遇合之意。盖承屈赋香草美人之传统也。其中以"美人如花隔云端"为点睛之笔。疑是初入长安，北阙上书，天路阻隔，不得门径，因失意而作此。不可以男女之情视之。

把酒问月^①

青天有月来几时？我今停杯一问之。人攀明月不可得，月行却与人相随。皎如飞镜临丹阙^②，绿烟灭尽清辉发。但见宵从海上来，宁知晓向云间没。白兔捣药秋复春^③，嫦娥孤栖与谁邻^④？今人不见古时月，今月曾经照古人。古人今人若流水，共看明月皆如此。惟愿当歌对酒时^⑤，月光长照金樽里^⑥。

[注释]

①题下原注："故人贾淳令予问之。"贾淳，事迹未详。

②飞镜：指月。太白好以镜喻月，如"月下飞天镜"（《渡荆门送别》），"又疑瑶台镜，飞上青云端"（《古朗月行》）。丹阙：赤色的宫门。指宫殿。

③白兔捣药：晋傅玄《拟天问》："月中何有？白兔捣药。"月兔传说，早在屈原时代即已流行。屈原《天问》："厥利维何？而顾兔在腹。"注："言月中有兔。"

④嫦娥孤栖：《搜神记》十四："羿请无死之药于西王母，嫦娥窃之以奔月。"

⑤当歌对酒：曹操《短歌行》："对酒当歌，人生几何！"

⑥金樽:金属酒器,犹酒杯。

[点评]

太白一生于月情有独钟,其咏月之诗,非但艺之高,情亦深。唯其如此,故其仙去,有入采石水中捉月之说。说虽无据,情有可原。此诗咏月之出没、月之古今、月之虚实——其传说为虚,其照人为实,意在引发人生之感慨。盖亦失意时以咏月聊自排解而已。

月下独酌

一

花间一壶酒,独酌无相亲。举杯邀明月,对影成三人①。月既不解饮,影徒随我身。暂伴月将影②,行乐须及春。我歌月徘徊,我舞影零乱。醒时同交欢,醉后各分散。永结无情游,相期邈云汉③。

二

天若不爱酒,酒星不在天。地若不爱酒,地应无酒泉④。天地既爱酒，爱酒不愧天。已闻清比圣，复道浊如贤⑤。贤圣既已饮，何必求神仙！三杯通大道，一斗合自然⑥。但得醉中趣⑦，勿为醒者传。

[注释]

①"举杯"二句：谓招月与影为友。益见其孤独无可亲者。陶潜有《形影神三首》，与释慧远辩"形尽神不灭论"，写三者如三人，各抒己见。太白亦借月与影而成三人，旨虽异而趣同。

②月将影：月与影。将，连词，表示并列，犹与、共。

③"永结"二句：谓永与无知无情之物（月与影）交游，并相约游于太空（月行于天，故发此奇想）。

④"天若"四句：孔融《难曹公表制酒禁书》："酒之为德久矣，古先哲王，类帝禋宗，和神定人。以济万国，非酒莫已也。故天垂酒星之曜，地列酒泉之郡，人著旨酒之德。"酒星，酒旗星。"酒旗，酒官之旗也，主宴飨饮食。"（《晋书·天文志》）酒泉，汉置郡，以城有金泉，味如酒，故名。今属甘肃。

⑤"已闻"二句：《三国志·魏书·徐邈传》："度辽将军鲜于辅进曰：'平日醉客谓酒清者为圣人，浊者为贤人。'"

⑥"三杯"二句：语本《老子》："人法地，地法天，天法道，道法自然。"

⑦醉中趣：陶潜《晋故征西大将军长史孟府君传》："（嘉）好酣饮，逾多不乱，至于任怀得意，融然远寄，傍若无人。（桓）温问君：'酒有何好，而卿嗜之？'君笑而答曰：'明公但不得

酒中趣尔。'"

敦煌写本《唐诗选》残卷题作《月下对影独酌》合前二首为一首,阙其三、四。此选前二首,诗写饮酒以解孤寂愁怀,邀月对影,饮酒歌舞,以热闹场面写寂寞心境,真乃千古奇趣。其写饮酒之趣,脱口而出,率尔成章,纯任自然,不假雕琢,以至有疑其伪作。殊不知太白之诗类皆道其心中之所感,以才为诗,出口成章,下焉者流于浅率,高焉者如同天籁。沈德潜谓"脱口而出,纯乎天籁。此种诗人不易学"(《唐诗别裁集》),可谓知言。

春夜洛城闻笛①

谁家玉笛暗飞声,散入春风满洛城。此夜曲中闻折柳②,何人不起故园情。

[注释]

①洛城:即洛阳,今属河南。
②折柳:古曲有《折杨柳》,为乐府横吹曲,内容多为伤别。

[点评]

本篇写因闻笛而思乡。笛中闻折柳之曲,因忆伤别之地,从而发思乡之情。然非黯然销魂,而是清朗可诵,正合太白之情性,亦盛唐之有别于六朝也。

赠　内①

三百六十日,日日醉如泥。虽为李白妇,何异太常妻②。

[注释]

①内:指内人,即妻子。

②太常:指周泽。《后汉书·周泽传》载,周泽为太常,清洁循行,尽敬宗庙。尝卧寝斋宫,其妻哀泽老病,窥问所苦。泽大怒,以妻干犯斋禁,遂收送治狱谢罪。当世疑其诡激。时人为之语曰:"生世不谐,做太常妻,一岁三百六十日,三百五十九日斋。"注谓《汉官仪》此下云:"一日不斋醉如泥。"

[点评]

本篇写醉酒,用后汉周泽事,戏赠其妻。以谐谑语写愁情,弥见其愁。

客中作

兰陵美酒郁金香②,玉碗盛来琥珀光③。但使主人能醉客,不知何处是他乡。

[注释]

①客:旅居他乡。
②兰陵:唐之丞县,隋为兰陵县。故址在今山东枣庄南。郁金:香草名,亦名郁金香。
③琥珀光:谓酒色如琥珀之光。

[点评]

题一作《客中行》。诗谢主人,只是平平道来,却别有情味。非以情景胜,而以情理胜。

春　思①

燕草如碧丝,秦桑低绿枝②。当君怀归日,是妾断肠时。春风不相识,何事入罗帷?

［注释］

①春思：犹春情、春心。春，兼指春日与春情。《诗经·召南·野有死麕》："有女怀春，吉女诱之。"思，读去声，心绪，情思。

②"燕草"二句：以燕草秦桑点明时地，写男女两地相思。细味燕草秦桑，似写征人思妇之情，近边塞诗一类。

［点评］

从齐梁化出，秀色之中含有刚健之气，自是盛唐风味。王夫之谓"字字欲飞，不以情不以景"（《唐诗评选》），而情景俱在其中。太白另有《春怨》诗云："白马金羁辽海东，罗帷绣被卧春风。落月低轩窥烛尽，飞花入户笑床空。"与《春思》意旨略同，《春怨》则点明征人思妇矣。

玉阶怨①

玉阶生白露，夜久侵罗袜②。却下水精帘③，玲珑望秋月④。

［注释］

①玉阶怨：乐府相和歌旧题，始自谢朓，此为拟作。

②"玉阶"二句：言秋夜久立玉阶，乃至白露侵罗袜。

③却下:谓退入房中下帘。水精帘:形容质地精细色泽晶莹的帘子。萧士赟注曰:"水精帘以水精为之,如今之琉璃帘也。"

④玲珑:空明貌。形容秋月。

[点评]

　　二十字画出一幅凄清冷艳的秋闺图,不写人,而人自在;不言怨,而怨自生。《唐宋诗醇》谓"妙写幽情,于无字处得之",可谓知言。

怨　情①

　　美人卷珠帘,深坐颦蛾眉②。但见泪痕湿,不知心恨谁。

[注释]

①怨情:似从乐府旧题《怨歌》《怨诗》之类化出,有六朝乐府风味。

②颦蛾眉:皱眉头。形容美人之美态与愁态。

[点评]

　　本篇写闺情,妙于形容,亦当有所寄托。或因见疏而生怨悱之情。

访贺监不遇①

欲向江东去②,定将谁举杯?稽山无贺老③,却棹酒船回。

[注释]

①贺监:指贺知章。曾任银青光禄大夫兼正授秘书监,故称贺监。

②江东:会稽属江东之地。

③稽山:即会稽山。在今浙江绍兴。

[点评]

题原作《重忆一首》。唐裴敬《翰林学士李公墓碑》云:"予尝过当涂,访翰林旧宅。又于浮屠寺化城之僧,得翰林自写《访贺监不遇》诗:'东山无贺老,却棹酒船回。'味之不足,重之为宝,用献知者。"据诗意,题以裴说为是,当作于《对酒忆贺监二首》之前,盖其时尚未知贺老亡故。今依裴文改题。"定将谁举杯",即定与谁对酌,拟与贺老一饮;然不见贺老而棹回酒船,其怅惘可知,其思念情深亦可知。

对酒忆贺监^①(二首)

一

四明有狂客,风流贺季真^②。长安一相见,呼我谪仙人。昔好杯中物,今为松下尘。金龟换酒处,却忆泪沾巾^③。

二

狂客归四明,山阴道士迎^④。敕赐镜湖水,为君台沼荣^⑤。人亡余故宅^⑥,空有荷花生。念此杳如梦,凄然伤我情。

[注释]

①贺监:即贺知章。曾任授秘书监,故称。
②"四明"二句:写贺知章之风流狂放。四明,山名,在今浙江宁波西南。自天台山发脉,绵亘于奉化、慈溪、余姚、上虞、嵊县诸县境。狂客,贺知章晚年纵诞,无复规检,自号"四明狂客"。见《旧唐书》本传。季真,贺知章字季真。善谭说,其族姑子陆象先曰:"季真清谭风流,吾一日不见,则鄙吝生

矣。"见《新唐书》本传。

③"长安"六句：本题有《序》云："太子宾客贺公,于长安紫极宫一见余,呼余为谪仙人,因解金龟,换酒为乐。(殁后对酒,)怅然有怀,而作是诗。"杯中物,指酒。陶潜《责子》诗："天运苟如此,且进杯中物。"金龟,佩饰。王琦《李太白全集》注："金龟盖是所佩杂玩之类,非武后朝内外官所佩之金龟也。"

④山阴道士：山阴有一道士善养鹅,王羲之求购。道士求王书《道德经》(当作《黄庭经》),并许以群鹅赠。羲之欣然写毕,笼鹅而归。见《晋书·王羲之传》。此以山阴道士喻贺监在山阴之道友。亦因贺监善书,故有此喻。

⑤"敕赐"二句：《新唐书·贺知章传》："天宝初,病,梦游帝居,数日寤,乃请为道士,还乡里。诏许之,以宅为千秋观而居。又求周宫湖数顷为放生池,有诏赐镜湖剡川一曲。"

⑥故宅：施宿《会稽志》谓贺监宅在县东北三里,后为天长观。

[点评]

其作《访贺监不遇》(集中题作《重忆一首》)时,尚不知贺监亡故。及闻贺监端的物故,对酒怀旧,因复作此二首追悼亡友之诗,其情凄然,哀婉欲绝。可知贺监于太白心目中有何等分量。太白声价之高下,宦海之浮沉,无不系于贺监。无贺监太白声价未必高,有贺监太白宦海未必沉,其思念贺老之深,固其宜也。

渌水曲①

渌水明秋日,南湖采白蘋②。荷花娇欲语,愁杀荡舟人③。

[注释]

①渌水曲:琴曲。为古曲遗音。马融《长笛赋》:"上拟法于《韶箾》《南籥》,中取度于《白雪》《渌水》,下采制于《延露》《巴人》。"

②白蘋:蘋草。水草,多生于南方湖泽,五月开白花,故称白蘋。

③荡舟人:指划船采蘋之女子。

[点评]

本篇写采蘋女之妒花,其风神情韵,远胜南朝小乐府。

越女词①

一

耶溪采莲女②,见客棹歌回③。笑入荷花去,佯羞不出来。

二

镜湖水如月④,耶溪女如雪。新妆荡新波,光景两奇绝。

[注释]

①越女:越中女子。西施出越中,越中多美女。
②耶溪:即若耶溪,又名五云溪。在今浙江绍兴若耶山下。
③棹歌:船歌。
④镜湖:又称鉴湖。在今浙江绍兴。

[点评]

本题五首,此选其三、其五两首,均写越女采莲泛舟,清新自然,极尽越女之娇态,饶有南朝乐府风味。

采莲曲①

　　若耶溪旁采莲女②,笑隔荷花共人语。日照新妆水底明,风飘香袂空中举。岸上谁家游冶郎③,三三五五映垂杨。紫骝嘶入落花去④,见此踟蹰空断肠。

[注释]

①采莲曲:乐府清商曲旧题。《古今乐录》谓梁武帝制《江南弄》七曲,其三即《采莲曲》。
②若耶溪:在今浙江绍兴若耶山下。
③游冶郎:游荡娱乐的青年男子。
④紫骝:又名枣骝,良马名。

[点评]

　　本篇写若耶溪采莲女,绘声绘色,复以游冶郎相映衬,更觉一片神行,天然可爱。诗亦清新自然,正所谓"清水出芙蓉,天然去雕饰"(太白句)。

劳劳亭①

　　天下伤心处，劳劳送客亭。春风知别苦，不遣柳条青②。

[注释]

①劳劳亭：又名临沧观，在劳劳山上，为古时送别之所。故址在今江苏南京西南。劳劳，忧伤貌。
②"春风"二句：意谓倘若春风知离别之苦，必不使柳条变青。

[点评]

　　本篇为游金陵时所作，写送别之苦，情致委婉，语短意长。前人谓"其妙在'知'字、'不遣'字，奇警无伦"（李锳《诗法易简录》），盖以无知之物而欲其知，必然之事而欲其不使然，故发痴语，因得奇趣。

寄东鲁二稚子①

　　吴地桑叶绿，吴蚕已三眠②。我家寄东鲁，谁种龟阴田③？春事已不及④，江行复茫然。南风吹归心，飞堕酒楼前⑤。楼前一株桃，枝叶拂青烟。此树我所种，别来向三年。桃今与楼齐，我行尚未旋。娇女字平阳，折花倚桃边。折花不见我，泪下如流泉⑥。小儿名伯禽，与姊亦齐肩。双行桃树下，抚背复谁怜！念此失次第⑦，肝肠日忧煎。裂素写远意，因之汶阳川⑧。

[注释]

①东鲁：指鲁郡，今山东兖州。二稚子：指女平阳、子伯禽。

②"吴地"二句：点明时地。吴地，此指东吴都城金陵，今江苏南京。三眠，蚕自初生至成蛹，三蜕其皮，其状如眠，称三眠。时在夏月。

③龟阴田：语本《左传·定公十一年》："齐人来归郓讙龟阴之田。"即龟山北面之田。此指诗人在鲁郡沙丘之田。

④春事：农事，春季农田耕种之事。《管子·幼官》："地气发，戒春事。"

⑤酒楼：旧说任城有太白酒楼。《本事诗》云："白自幼好酒，于兖州习业，平居多饮。又于任城县搆酒楼，日与同志荒宴其上，少有醒时。"见《太平广记》二〇一。此似指家居之酒楼。故下文有楼前自种之桃子叙写。

⑥"泪下"句：用刘琨成句。刘琨《扶风歌》："据鞍长叹息，泪下如流泉。"

⑦失次第：指心绪烦乱。次第，头绪。

⑧"裂素"二句：言以诗代简远寄家中。裂素，裁素以作书。古以丝织品素帛为书写材料。汶阳川，春秋时为鲁国地。《左传·成公二年》载"齐人归我汶阳之田"。此指兖州。

［点评］

题下原注："在金陵作。"其时别家已三年，故思家心切，尤系情于二稚子，因作诗以寄。以平常语写平常情，可见其为具平常心之平常人，并非不食人间烟火的仙人。沈德潜谓："家常语，琐琐屑屑，弥见其真。"(《唐诗别裁集》)太白诗得力于风骚乐府，此诗最具汉乐府本色，质直真切，语言亦明白如话，恰似与二稚子话家常。

听蜀僧濬弹琴①

蜀僧抱绿绮②，西下峨眉峰③。为我一挥手，如听万壑松。客心洗流水④，遗响入霜钟⑤。不觉碧山暮，秋云暗几重。

［注释］

①蜀僧濬：当是《赠宣州灵源寺仲濬公》之仲濬。然则，诗当作于宣城。

②绿绮：琴名，汉司马相如有绿绮琴。见晋傅玄《琴赋序》。

③峨眉峰：即峨眉山。在今四川。

④流水:《吕氏春秋·本味》载:伯牙鼓琴,钟子期听之,其志在流水,钟子期曰:"善哉乎鼓琴,汤汤乎若流水。"

⑤霜钟:《山海经·中山经》:丰山"有九钟焉,是知霜鸣",郭璞注:"霜降则钟鸣,故言知也。"

[点评]

　　写听琴,一气挥洒,自然入妙。琴声与景色,两相融合,隐含一种清愁。

哭晁卿衡①

　　日本晁卿辞帝都,征帆一片绕蓬壶②。明月不归沉碧海③,白云愁色满苍梧④。

[注释]

①晁卿衡:晁衡,又作朝衡,即阿倍仲麻吕,唐时译作仲满。开元初随日本遣唐使来长安,请儒士授经,历仕左补阙、仪王友、秘书监等职。天宝十二年冬随遣唐使归国,至琉球遇风,漂流安南,后复至长安。时误传溺死海中。

②蓬壶:即蓬莱。海中仙山。

③明月:指明月珠。释氏称明月摩尼,以为月之精。此喻晁衡。

④苍梧:指云出处。《艺文类聚》一引《归藏》:"有白云出自

苍梧,入于大梁。"此以苍梧云喻愁。

[点评]

　　本篇为虚闻日本晁衡归国于海上遇难所作悼诗,情深意挚,千载之下,犹足感人。

秋浦歌^①

一

　　秋浦长似秋,萧条使人愁。客愁不可度,行上东大楼^②。正西望长安,下见江水流。寄言向江水,汝意忆侬不? 遥传一掬泪,为我达扬州^③。

二

　　秋浦猿夜愁,黄山堪白头^④。青溪非陇水,翻作断肠流^⑤。欲去不得去,薄游成久游^⑥。何年是归日,雨泪下孤舟。

三

　　两鬓入秋浦,一朝飒已衰。猿声催白发,长短尽成丝。

四

江祖一片石⑦,青天扫画屏。题诗留万古,绿
字锦苔生。

五

炉火照天地,红星乱紫烟⑧。赧郎明月夜⑨,歌
曲动寒川。

六

白发三千丈,缘愁似个长。不知明镜里,何处
得秋霜⑩。

[注释]

①秋浦:唐县名,属宣州,后属池州,今安徽贵池。
②大楼:大楼山。在今贵池城南四十里。嘉靖《池州府志》
谓其山"孤撑碧落,若空中楼阁之象"。
③扬州:今属江苏。奚禄诒曰:"望长安矣,而结云达扬州
者,盖长安之途所经也。"(见詹锳《李白诗文系年》)按,唐代
水路有自扬州由江转淮入河而西上长安者。
④黄山:指秋浦河边之黄山岭。在今贵池之南七十里,近虾
湖。

⑤"青溪"二句：古乐府《陇头歌辞》："陇头流水，鸣声幽咽。遥望秦川，心肝断绝。"此反用其意。青溪，此指秋浦河。陇水，陇头流水。

⑥薄游：暂游。

⑦江祖：指江祖石。在今贵池清溪秋浦河边，隔溪对万罗山。即作者《独酌清溪江石上寄权昭夷》诗所说"我携一樽酒，独上江祖石"之江祖石。

⑧"炉火"二句：写冶炼场景。王琦注："琦考《唐书·地理志》，秋浦固产银、产铜之区，所谓'炉火照天地，红星乱紫烟'者，正是开矿处冶铸之火乃足当之。"其否定丹火之说甚是。

⑨赧郎：指冶炼工人。炉火映红其脸如含羞然，故称。

⑩秋霜：喻白发。王琦云："起句奇甚，得下文一解，字字皆成妙义。洵非仙才，那能作此。"

[点评]

　　本题十七首，尽写流落秋浦时生活情景。此选其一、其二、其四、其九、其十四、其十五，计六首，多写愁情，唯"炉火"一首写铜坑冶炼，情调较高。然其艺术颇高，饶有风味，如似民歌，体小乐府，俗而能雅，故放翁叹其"高妙乃尔"（陆游《入蜀记》）。

宿五松山下荀媪家①

我宿五松下，寂寥无所欢。田家秋作苦，邻女夜舂寒。跪进雕胡饭②，月光明素盘。令人惭漂母③，三谢不能餐。

[注释]

①五松山：在今安徽铜陵。荀媪：荀家老妇人。

②雕胡：菰米，可食。《西京杂记》一："菰之有米者，长安人谓为雕胡。"

③漂母：漂洗衣物的老妇。韩信少时落拓，钓于城下，漂母见其饥，与饭食。后信为楚王，赐千金。见《史记·淮阴侯列传》。

[点评]

本篇写其宿农家，受农妇款待，不胜感激。其时太白采炼于铜陵矿坑，住宿于五松山，与田家为邻为友，境遇可知。"田家秋作苦，邻女夜舂寒"，于农家充满同情，若非沦落至此境地，焉得有此感情。

铜官山醉后绝句^①

我爱铜官乐,千年未拟还。要须回舞袖,拂尽五松山^②。

[注释]

①铜官山:又名利国山,有铜坑,在铜陵界。唐属南陵。
②五松:在今安徽铜陵。或说山之基址为今铜陵天井湖宾馆。

[点评]

铜官山矿坑醉后口占之作,似真醉后忘其忧愁者,此中原非久留之处(见《答杜秀才五松山见赠》),却道"千年未拟还"。故作旷达语,莫以为真"爱铜官乐"。

哭宣城善酿纪叟^①

纪叟黄泉里,还应酿老春^②。夜台无晓日,沽酒与何人^③?

①宣城:今属安徽。纪叟:纪姓老人,善酿酒。余未详。

②老春:指酒。唐人多称酒为"春",如荥阳之土窟春,富平之石冻春,剑南之烧春。见李肇《国史补》下。

③"夜台"句:杨慎《杨升庵外集》:"予家古本作'夜台无李白',此句绝妙,岂但齐一生死,又且雄视幽明矣。"夜台,指坟墓。晓日,与下句"何人"了不相涉,且既称"夜台",自无"晓日",五字岂非成不消说之废话,故应以另本为是。

[点评]

　　题下旧注曰:"一作《题戴老酒店》,云:戴老黄泉下,还应酿大春。夜台无李白,沽酒与何人?"或一诗两本;或一诗分赠纪、戴两酒家,略加改动,以切其姓。谐而能庄,真而有趣,读来感人。白与酒结缘,亦与酒家结缘,持仙心,亦持平常心。人之所以最难者,在能以平常心对待平常人。太白不唯平视公侯,且亦平视庶民,其于山人、老媪、赧郎、酒叟,无不情见乎辞。唯其如此,益见此诗之妙之贵。

与史郎中钦听黄鹤楼上吹笛①

　　一为迁客去长沙②,西望长安不见家。黄鹤楼中吹玉笛,江城五月落梅花③。

別有懷抱·明朝有意抱琴来

⊙

[注释]

①史郎中钦:郎中史钦,事迹不详。与《江夏使君叔席上赠史郎中》诗中之史郎中,或即一人。黄鹤楼:故址在今湖北武昌蛇山。

②迁客去长沙:用汉贾谊事。贾谊曾被贬为长沙王太傅。见《史记·屈原贾生列传》。迁客,被贬谪之人。自指。

③落梅花:古笛曲有《梅花落》。

[点评]

　　本篇当是流放夜郎经过江夏时所作,无限羁情,发于笛声,不胜凄切,余意不尽。太白以绝句胜,且其绝句多不拘于声律,而求入于古调。此诗既切声律,又含古调,故读来悠扬而有韵致。

南流夜郎寄内①

　　夜郎天外怨离居,明月楼中音信疏②。北雁春归看欲尽,南来不得豫章书③。

[注释]

①夜郎:今贵州正安。寄内:诗寄其妻室宗氏。

②“夜郎”二句:谓离居夜郎之后音信稀少。音信,指家书。

③"北雁"二句：谓盼得家书。北雁，北飞之雁。古有鸿雁传书之说。典出苏武，见《汉书·苏建传》。南来，流夜郎水路自江西上，复溯乌江而南，故曰"南来"。豫章，白妻宗氏寄居庐山五老峰下，其地汉属扬州豫章郡，故称"豫章"。非指唐朝豫章郡治，即今之江西南昌。

[点评]

论者多以为太白流放"半道赦还"，未至夜郎，此说几为定论。然自太白诗考之，颇有几首诗应是作于夜郎，此即其一。倘在"半道"江中，但曰"西上"，即所谓"西上令人老"，必得溯乌江（涪陵江）始可曰"南来"。故此诗可为白至夜郎之证。

流夜郎闻酺不预①

北阙圣人歌太康②，南冠君子窜遐荒③。汉酺闻奏钧天乐④，愿得风吹到夜郎⑤。

[注释]

①夜郎：今贵州正安。酺：相聚欢饮。因古有禁聚饮之律，故有赐酺之事。唐无聚饮之禁，仍用赐酺之称。不预：不曾参与。

②北阙圣人：指宫中皇帝。北阙，宫城北门之阙，此指京都皇

宫。太康:安乐。魏明帝曹叡《野田黄雀行》佚句:"百姓讴
吟咏太康。"

③南冠君子:囚徒。此自指。典出《左传·成公九年》晋侯
见钟仪南冠作楚囚事。遐荒:荒远之地。指夜郎。

④汉酺:借汉喻唐。指唐肃宗赐酺五日。钧天乐:指仙乐。
喻唐赐酺时乐伎所奏音乐。

⑤"愿得"句:谓愿风吹"钧天乐"至夜郎。倘其人未至夜郎,
必不出此言。

[点评]

《旧唐书·肃宗纪》载,至德二年十二月,下制大赦,赐
酺五日。消息辗转传至夜郎,太白闻之,以未预赐酺为憾,因
作此诗。诗虽怨,而不怒。太白擅长七绝,音韵流畅,节奏轻
快,似此诗虽写怨情,亦仍具流畅轻快之特色。

九日龙山饮①

九日龙山饮,黄花笑逐臣②。醉看风落帽③,舞
爱月留人。

[注释]

①九日:夏历九月九日,重阳节。龙山:在当涂之南十里。
《元和郡县图志》宣州当涂:"桓温尝与僚佐九月九日登此山

宴集。"太白初殡于此。

②黄花：菊花。古重阳节饮菊花酒以避邪。逐臣：作者自指。
以其曾流夜郎。

③风落帽：用晋孟嘉九日登高落帽事。孟嘉为征西将军桓温
参军，九月九日预温龙山之集，风吹落帽，嘉不之觉，孙盛为
文嘲之，嘉答之，文甚美，四座嗟叹。见《晋书·桓温传》。

[点评]

本篇系晚年作于当涂龙山。其醉舞之态颇似孟嘉之风
流潇洒，实则黯然神伤。次日作《九月十日即事》诗："昨日
登高罢，今朝更举觞。菊花何太苦，遭此两重阳。"则直吐真
情矣。

临终歌①

大鹏飞兮振八裔②，中天摧兮力不济。余风激
兮万世，游扶桑兮挂石袂③。后人得之传此，仲尼
亡兮谁为出涕④！

[注释]

①临终歌：太白集作《临路歌》。李华《故翰林学士李君墓
志》云："赋《临终歌》而卒。"似即此篇，然则，"路"当是"终"
之误，故改。

②大鹏：传说中最大的鸟，由鲲变化而成。典出《庄子·逍遥游》。八裔：八方。

③扶桑：神话谓日出处，在汤谷之上。见《山海经·海外东经》。石袂：当作"左袂"，楚辞严忌《哀时命》："左袂持于榑桑。"王逸注："袂，袖也。"

④仲尼：孔子字仲尼。句意谓仲尼已亡，无人为大鹏之中摧而出涕，如其见获麟而流涕。足见其寄慨之深。

[点评]

本篇当为临终时所作，叹壮志未酬，如大鹏之摧于中天。太白一生好以大鹏自喻，青年时有《大鹏遇希有鸟赋》，中年时有"大鹏一日同风起"（《上李邕》），终以大鹏中摧寄慨。大鹏为传说中之大鸟，世未见其禽，太白之奇才，亦世所罕见，宜其以大鹏自喻也。